坊っちゃん

少爺

夏目漱石

Natsume Soseki

劉子倩 —— 譯

獨家收錄【心之王者】，夏目漱石作品精華箴言集

目次

輯一——〇〇四
少爺

輯二——一八〇
心之王者

關於愛戀——一八三
關於孤寂——二〇五
關於處世——二二七
關於藝術——二五一
關於自在——二七三

輯一

少爺

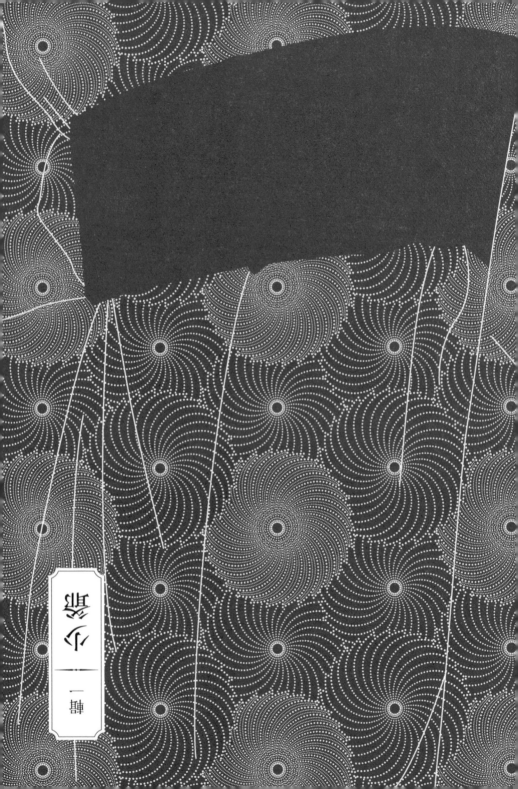

世間大多數人
好像都在獎勵人家變壞。
他們似乎深信
如果不變壞就無法在社會出人頭地。

偶爾看到誠實純真的人，
就輕蔑地說人家是不解世事的
少爺或毛頭小子。

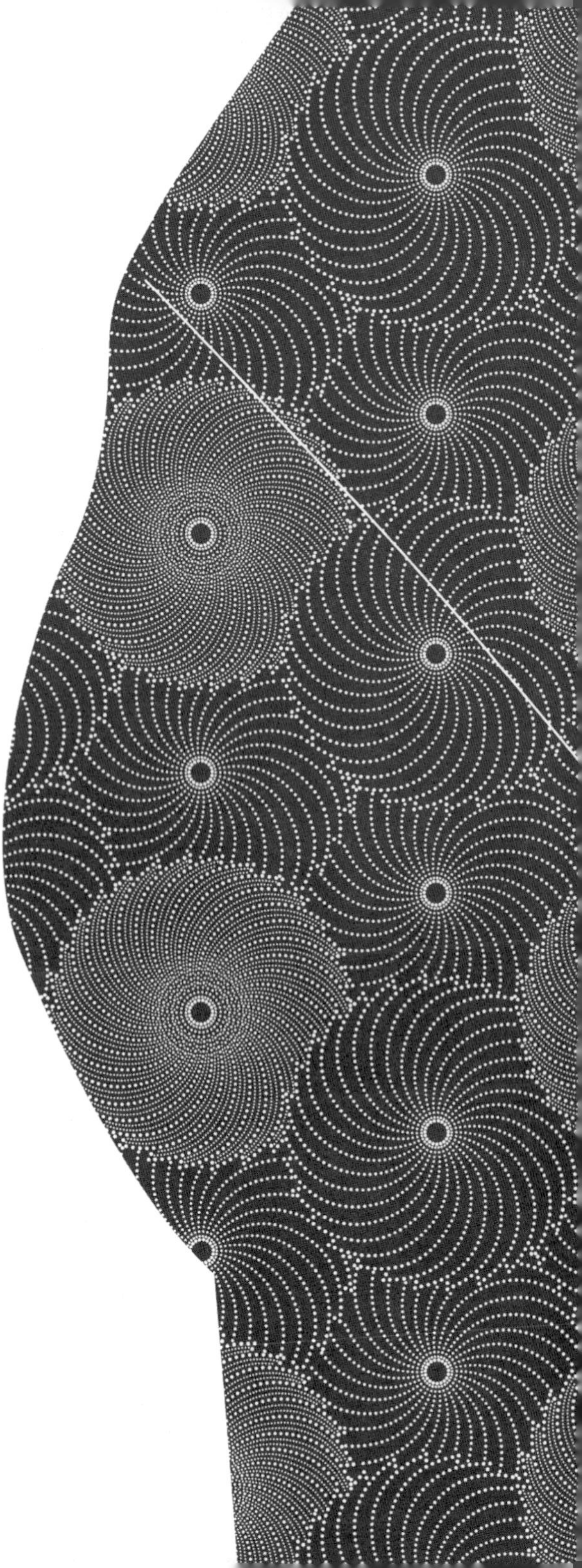

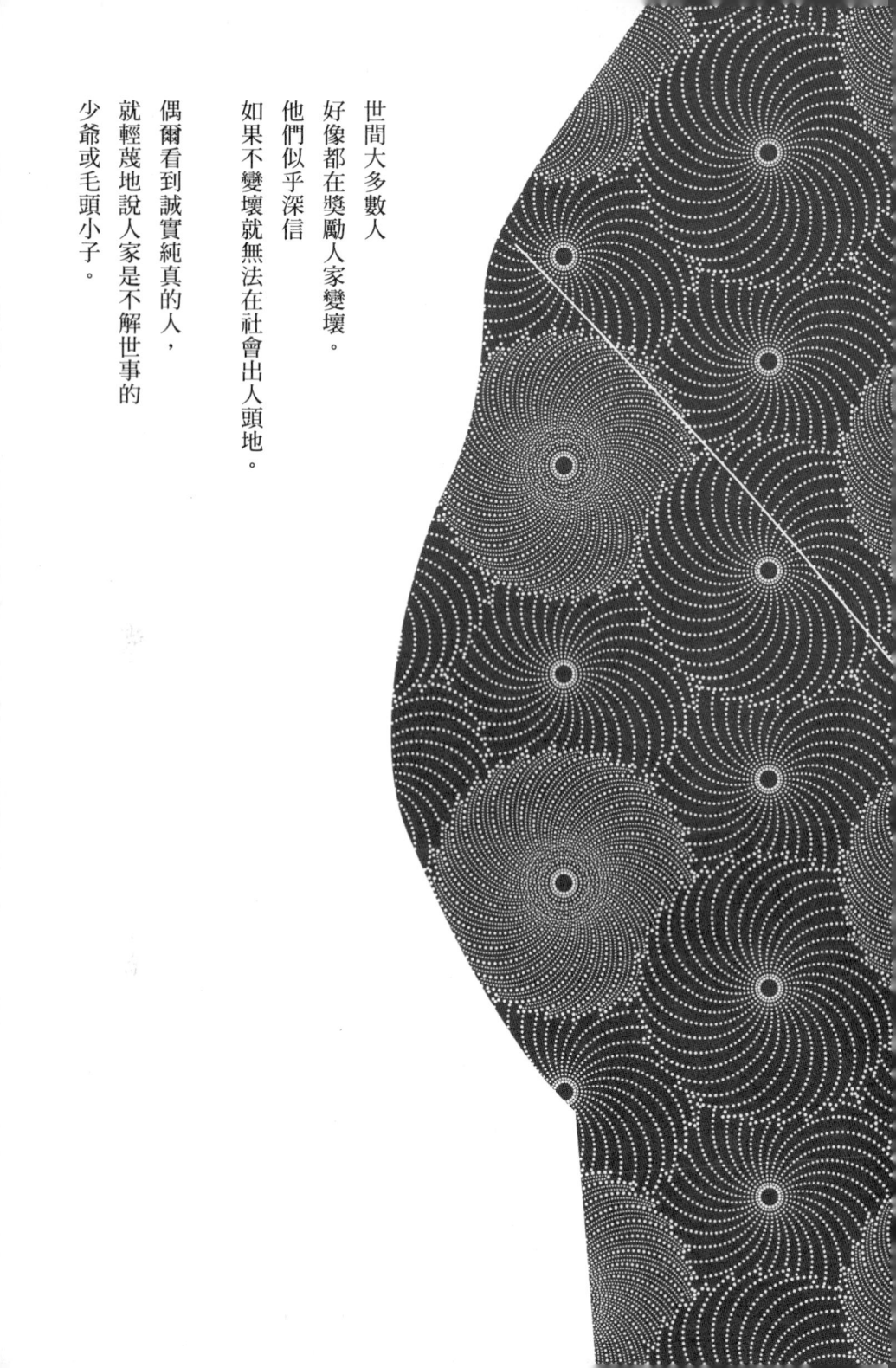

一

我遺傳父母的莽撞脾氣，從小就因此一再吃虧。小學時從學校二樓跳下來扭到腰足足躺了一星期。或許有人要問我為何如此衝動。其實無啥深刻的理由。只是當時從新建的二樓探頭時，有個同學開玩笑起鬨說，饒是你再怎麼耍威風也不敢從上面跳下來吧？膽小鬼！後來我被學校工友揹回家時，我老爹瞪眼說哪有人會因為從二樓這麼點高度跳下來就閃到腰，我遂回答，下次跳的時候保證不閃到腰給您瞧。

某次親戚送我一把西洋小刀，我把漂亮的刀刃對著陽光舉起給朋友看，其中一人說，刀子雖然亮不見得鋒利。我說怎麼可能不鋒利，要切甚麼都沒問題。對方遂要求我切手指給他看，我當下說區區手指算甚麼，操起刀子就朝右手大拇指斜切下去。幸好刀子小，而且大拇指的骨頭硬，所以現在大拇指還在手上。就是刀疤一輩子都不會消了。

從我家院子往東走二十步，南邊有個巴掌大的小菜園，中央有一顆栗子樹。這是我愛之甚於性命的栗子。每當栗子成熟時，我一起床就去後院撿拾掉落的果實帶去學校吃。菜園西邊和山城屋這家當鋪的院子相連，當鋪老闆有個十三、四歲的兒子勘太郎。勘太郎當然是膽小鬼。可這個膽小鬼居然翻越竹籬笆過來偷栗子。某天傍晚我躲在院子小門後面，終於把勘太郎逮個正著。當時勘太郎無路可逃，竟然發狠朝我撲來。他比我大二歲。雖然膽小但是力氣甚大。勘太郎的大腦袋朝我胸口用力一頂，腦袋順勢滑開，竟鑽進我的夾袍袖中。這下子我的手動彈不得，於是拼命甩手，勘太郎卡在我袖中的腦袋也跟著左搖右晃。最後他受不了，在袖中一口咬住我的手臂。我刺痛之下把勘太郎推到牆角，伸腳一絆，讓他向外栽倒。山城屋的地勢比我家菜園低了將近二公尺。勘太郎把竹籬笆撞倒一半，頭下腳上栽進自家院子，發出痛苦呻吟。勘太郎摔倒時，也扯掉了我的夾袍一隻袖子，我的手頓時恢復自由。當晚我媽去山城屋道歉時順便把我那隻袖子也拿回來了。

除此之外我也幹了很多淘氣事。我曾領著木匠家的兼公和魚店的阿角，把茂作的胡蘿蔔田弄得一塌糊塗。當時胡蘿蔔嫩芽尚未長齊，我們鋪上整片稻草，三人就在那上面玩了半天相撲，把胡蘿蔔全都踩爛了。也曾把古川家田裡用的水井塞住，被對方上門追究。他家本是選用粗大的孟宗竹，將竹節打通，竹管深埋在地裡讓水湧出，藉此灌溉周遭稻田。當時我不懂那是甚麼裝置，用石頭和棍子塞滿水井，眼看水再也流不出來，這才回家吃飯，結果古川氣得滿臉通紅上門大罵，我記得家裡賠了一筆錢才了事。

我老爹一點也不疼我。老娘只偏心哥哥。我哥生來特別白皙，最愛模仿戲子扮女角。我老爹每次看到我就嘮叨這小子將來肯定不是好東西。我媽也說我成天惹事生非前途堪憂。我的確不是甚麼好東西。正如各位所見。也難怪他們擔心我的前途。我只差沒去坐牢了。

我媽病死的兩、三天前，我在廚房翻筋斗不小心肋骨撞到大竈邊緣痛得半死。我媽氣壞了，聲稱不想再看到我，我只好跑去親戚家過夜。之後竟然接到她的死訊。我沒想到她會這麼早死。如果早知她病得那麼重我就聽話一點了。後來我一回到家我哥就罵我不孝，還說老媽都是被我氣得早死。我很不服氣，甩了我哥一巴掌，被罵得很慘。

我媽死後，剩下我們父子三人。老爹是個毫無作為的男人，只要看到人就滿口的你這樣不行啊不行啊。到現在我都不知道到底是哪裡不行。老爹還真奇怪。我哥立志成為企業家，鎮日埋頭苦讀英文。他本來就很娘娘腔，又奸詐，所以我們兄弟的感情不大好。平均十天就吵架一次。有一次我們玩將棋，他很卑鄙地先堵住我的將軍去路，看人家為難就喜孜孜地嘲笑。我很火大，當下就把手裡的飛車往他眉心砸。結果他的眉心破皮流了一點血。哥哥就去找老爹告狀。老爹氣得放話要跟我斷絕父子關係。

那時我已經認命打算任由老爹將我逐出家門了，沒想到在我家待了十年的女傭阿清哭著替我向老爹求情，這才讓老爹息怒。不過即便如此我也不怎麼怕老爹。反而很同情這個叫做阿清的女傭。據說她本來出自名門望族，不幸在幕府瓦解時家道中落，不得不淪落到外出幫傭。所以這時她已是老太太了。這位老太太不知怎地非常疼愛我。想想怪不可思議的。連我媽都在死前三天對我絕望了，老爹更是一年到頭把我當成頭痛人物，街坊鄰居也視我為街頭惡霸，避若蛇蠍——可是阿清卻把我當成心頭肉疼惜。我早已絕望地認清自己不受歡迎，所以受人輕蔑也不以為意，反倒是阿清這樣寵愛我讓我甚感疑惑。阿清經常趁著廚房沒人時誇獎我「個性耿直是個好孩子」。但我並不了解阿清的意思。如果我真的是個好孩子，阿清以外的人也該對我好一點才對吧。阿清每次這樣講的時候，我都會回嘴說我討厭人家拍馬屁。這位老太太聽了就會說，就是因為這樣才說你是耿直的好孩子，然後一臉欣慰地望著我。好像很驕傲她靠著自己一手把我打造出來。讓我覺得有點毛毛的。

我媽死後阿清越發疼愛我。我幼小的心靈經常懷疑她為何會那麼寵我。我心想，真無聊，還是省省吧。我覺得她很可憐。但阿清還是照樣疼愛我。三不五時還自掏腰包買金鍔餅[1]或紅梅糕給我吃。天氣冷的夜晚她會悄悄備妥蕎麥粉，神不知鬼不覺地端著蕎麥湯送到我枕畔。有時甚至去買鍋燒烏龍麵給我吃。不只是吃的。

1 金鍔餅，以麵粉做的薄皮包裹豆沙餡，外形似刀鍔的糕餅。

她也買過襪子給我，還有鉛筆、筆記本。甚至借了三圓給我（當然這是很久之後的事）。我並沒有開口向她借錢。是她主動拿來我房間說，沒有零用錢一定很困擾吧，這些錢小少爺拿去用。我當然說不要，但她堅持要我收下，所以我就姑且收下了。其實我挺高興的。我當下把那三圓放進錢包，塞進懷中去廁所，但錢包一不小心掉進馬桶。無奈之下，我只好慢吞吞踱出來一五一十告訴阿清，阿清立刻找來竹棍，自告奮勇替我撈起來。過了一會，水井那邊響起嘩嘩的水聲，我出去一看，她正在清洗用繩子掛在竹子尖端上的錢包。之後打開錢包檢查一圓鈔票，發現鈔票已渲染成褐色，花紋都泡模糊了。阿清拿火盆烘乾鈔票，遞給我說這樣應該可以了。我聞了一下，抱怨很臭，她叫我把鈔票給她，她去換乾淨的錢給我。也不知她是從哪張羅的，拿了三圓的銀幣給我。這三圓被我拿去做甚麼我已經忘了。我說會還給她，結果始終沒還。事到如今就算想歸還十倍的錢也還不了了。

阿清總是趁我爹我哥不在時才給我東西。若問我討厭甚麼，我最討厭的就是背著別人吃獨食。我和哥哥固然感情不好，但我不想瞞著哥哥拿阿清的點心或彩色鉛筆。我曾問過阿清，為什麼只給我一個人不給哥哥。阿清聽了理直氣壯說我老爹自然會買給我哥所以用不著擔心。這樣其實不公平。老爹雖頑固，並非那種偏心的男人。但在阿清看來或許是這樣吧。她顯然很溺愛我。就算她以前身分很高，畢竟是沒受過現代教育的阿婆，所以也怪不得她。不僅如此。她的偏心程度也很嚇人。阿清一心認定我將來會出人頭地成為大人物，卻又斷定用功讀書的哥哥只是小白臉，根本不中用。碰上這樣的老太太實在沒輒。她堅信她喜歡的人一定會成為大人物，她討厭的人必然落魄潦倒。我從那時起就沒有甚麼將來的目標。但阿清一直說我會有出息，於是我也以為將來一定能混出名堂。現在想想著實可笑。有一次我曾試著問阿清，我到底會成為甚麼樣的大人物。但阿清好像也沒想過這個問題。她只說我將來一定會坐著自家的人力車，蓋一座有氣派玄關的大房子[2]。

而且阿清打算等我自立門戶有了自己的房子後，繼續跟在我身邊。她一次又一

2 江戶時代不允許平民建造玄關，明治後取消這項規定，擁有一定地位財產者都會建造有玄關的房子。

次拜託我將來收留她。我也覺得自己儼然已成為一家之主，口頭上先答應要收留她。沒想到這女人的想像力太豐富，已經開始自己計畫起來，還問我喜歡住哪裡，是麴町還是麻布[3]，屆時院子可以架設鞦韆以供消遣，西式房間一個就夠了……當時我根本不想要甚麼房子。我總是回答阿清，洋房和日本房子通通用不著，我一點也不稀罕那種東西。阿清聽了就會又誇獎我，說我無欲無求，心志高潔。阿清總是動不動就誇獎我。

我媽死後有五、六年的時間我都是這麼過日子。挨老爹的罵。和哥哥吵架。吃阿清給的點心，不時被她誇獎。我以為自己別無所求，保持現狀就夠了。我以為其他小孩也都是這樣。但阿清總是一逮到機會就說我好可憐、真不幸，於是我想，我大概真的很可憐很不幸吧。除此之外倒也沒甚麼煩惱。唯一的困擾就是老爹不肯給我零用錢。

我媽死後第六年的正月，老爹也中風猝逝。那年四月，我從某私立中學畢業。六月時哥哥也自商業學校[4]畢業。他好不容易在某公司的九州分社找到職缺必須過去。而我還得在東京繼續求學。哥哥說要賣掉房子清算家產去九州赴任。我說隨便他怎麼處置都行。反正我絕對不想靠哥哥照顧。就算他要養我，我們肯定也會吵架，到時候他不知又會說甚麼難聽話。如果隨便接受哥哥的庇護，就得對這樣的哥哥卑躬屈膝。我已有寧可送牛奶也要自食其力的覺悟。後來哥哥叫來舊貨商，把祖先代代相傳的破銅爛鐵通通廉價出售。房子也在某人的仲介下賣給某個財主。哥哥賣房子應該拿到不少錢，但詳情我一概不知。打從一個月前，我就在前途未決的情況下暫時寄宿神田的小川町[5]。阿清很不捨住了十幾年的房子轉賣他人，但房子不是她的，她也莫可奈何。她頻頻說我年紀如果再大一點，本來可以繼承這棟房子[6]。如果年紀再大一點當真就能繼承，那我現在應該也能繼承。老太太甚麼都不懂，所以才會相信我只要長大了就能繼承哥哥的房子。

3 麴町現為東京都千代田區，麻布現為港區，都是當時的高級住宅區。
4 推測應是東京高等商業學校，現在的一橋大學前身。
5 小川町，現在的東京都千代田區。當時該區有許多學校，也有很多以學生為對象的出租房。
6 按照當時民法，由嫡子、長子優先繼承家產，因此主角不可能繼承。

哥哥和我就這樣分道揚鑣了，麻煩的是阿清該如何安置。以哥哥的小職員身分當然不可能帶她走，阿清也說壓根不想跟在哥哥屁股後頭大老遠南下九州，但當時的我蝸居在二坪多的廉價出租房，就連這個出租房，如有必要都得隨時退租走人。我毫無辦法，於是去問阿清，是否打算去哪戶人家幫傭。她這才下定決心說，沒辦法，在少爺成家立業有自己的房子之前，只好先去投靠侄子吧。她這個侄子是法院書記，好歹如今過著經濟穩定的生活，所以之前也曾再三勸阿清搬去和他同住，但阿清說就算是以幫傭的身分，還是住在長年來習慣的地方比較好，始終不肯答應。可現在的情況下，她大概覺得與其勉強再找個陌生的家庭拘謹地住進去幫傭，還不如投靠侄子吧。不過她還是一直叮嚀我早點娶妻，早點擁有自己的房子，說她要來照顧我。比起親侄子，她大概更喜歡我這個外人。

哥哥在啟程前往九州的二天前來到我的住處，給了我六百圓，他說隨便我拿這筆錢當本錢做買賣或是當學費繼續求學都可以，但他從此不會再管我死活。就哥哥而言這種做法已經仁至義盡了。雖然即使沒這六百圓我想我也不至於走投無路，但他這種異於往常的爽快處置讓我很欣賞，所以我道謝後就把錢收下了。哥哥後來又拿出五十圓叫我順便拿給阿清，我也毫無異議地收下了。二天後就在新橋火車站[7]和哥哥道別，從此再也沒見過面。

我躺著思考六百圓該如何使用。就算做買賣也很麻煩，肯定不會成功，況且六百圓也做不了甚麼像樣的買賣吧。即便做得了，以我現在這樣的學歷也無法理直氣壯站在大眾面前說我受過教育，換言之只會吃虧。做本錢云云還是算了，就用這筆錢當學費繼續念書吧。六百圓如果除以三，一年各用二百圓的話，可以念三年書。三年時間如果拼命用功應該能念出名堂。接下來我思考該進哪一所學校，但我生來甚麼學問都不喜歡。尤其是語文或文學這種東西更是敬謝不敏。說到甚麼新詩，二十行之中我連一行都看不懂。反正都不喜歡，我覺得念甚麼都一樣，正巧經過物理

7 當時尚無現在的東京車站，新橋車站是東海道線的起點，哥哥由此搭火車去九州。

學校[8]門前時看到張貼著招生廣告，我想這也是一種緣分，於是拿了申請表立刻辦理入學手續。如今想來這又是遺傳自父母的莽撞個性導致的失策。

我用了三年時間和大家一樣求學，可我本就不聰明，成績用倒數的還比較快。但是很不可思議的，三年後竟然順利畢業了。我自己都覺得可笑，但也沒啥好抱怨的，所以就此乖乖畢業離校。

畢業後的第八天，校長叫我去見他，我心想不知有甚麼事，去了才知四國一帶的某中學[9]需要數學教師。月薪四十圓，校長問我要不要去。我雖然念了三年書，但老實說我既不想當教師也不打算去鄉下。不過不當教師我也想不出能做甚麼工作，所以聽到校長這麼問時，我當下回答願意去。這又是父母遺傳的莽撞個性作祟。

既然答應了就必須赴任。這三年來我蟄居二坪多的陋室從不曾被人抱怨。也沒和人打架。在我的人生中算是比較和平的時期。不過現在這二坪多的陋室也不得不退租了。我活到這麼大，只有和同學一起去鐮倉遠足時離開過東京。這次可不比鐮倉，我得去非常遙遠的地方。翻開地圖一看，該地位於海濱，渺小如針尖。反正八成不是甚麼好地方。也不知是甚麼樣的鄉鎮，住著甚麼樣的人。不知道也不愁。沒啥好擔心的。去就是了。我只是有點嫌麻煩。

房子賣掉後我也不時會去探望阿清。阿清的侄子是個意外正派的好人。每次我去，只要他在家，就會熱情款待我。阿清當著我的面，不斷對侄子吹噓我的各種光榮事蹟。甚至說我畢業後要在麴町附近買房子去當公務員。她一個人滔滔不絕，我已窘得面紅耳赤。而且這種情形不只一、兩次。有時連我小時候尿床的糗事都拿出來說，真是受不了。也不知她侄子是抱著甚麼心情聽阿清吹噓。不過阿清是傳統的女人，把她和我的關係視為封建時代的主僕。她似乎認為她的主人當然也是侄子的主人。我看她侄子才是倒楣透頂。

8 物理學校是東京理科大學的前身，以培養中學教師聞名。修業期間為三年，要求嚴格，留級或無法畢業者頗多。所以主角才會說「很不可思議的，三年後竟然順利畢業了」。

9 漱石自己曾於明治二十八年（一八九五）前往松山市的愛媛縣尋常中學校（松山中學校）擔任英文教師，但小說中避開了與松山有直接關聯的專有名詞。

確定赴任後，我在出發的三天前去見阿清，發現她感冒了，躺在朝北的一坪半房間休息。看到我來，她立刻起身，問我甚麼時候才有自己的房子。她好像以為只要我畢業了，錢自然會從口袋湧出。既然把我當成那樣的大人物，還喊我小少爺，讓我更覺荒謬。我簡單表明暫時不會買房子。聽說我要去鄉下，她似乎大失所望，頻頻撫摸花白的鬢角碎髮。我於心不忍，遂安慰她：「雖然要去鄉下，但我很快就會回來。明年暑假一定會回來。」但她還是悶悶不樂，我只好問：「到時候我買點伴手禮給妳吧，妳想要甚麼？」她說：「我想吃越後的竹葉糖[10]。」越後的竹葉糖我聽都沒聽過。首先方向就不對。我說：「我要去的那個鄉下地方好像沒有竹葉糖。」她聽了反問：「那麼，少爺要去哪裡？」我說：「去西方喔。」她再問：「是箱根再過去，還是比箱根近[11]？」我簡直被問得一個頭兩個大。

我出發那天，她一早就來了，忙著替我四下打點。她把過來的路上在雜貨店買的牙膏、牙籤、毛巾放進我的帆布旅行袋。就算我說不需要，她也充耳不聞。我們一起搭車抵達火車站，到了月臺上，她定睛看著鑽進車廂的我，小聲說：「或許今日一別再難相見。少爺要多保重。」她已淚水盈眶。我沒哭。但是差一點也要哭了。火車走了一段路後，我心想應該沒事了，從窗口探出頭向後一看，她依然佇立。看起來變得非常渺小。

二

汽船長鳴一聲停下後，小船離岸划過來。船夫打赤膊只穿著紅色丁字褲。此地可真野蠻。不過天氣這麼炎熱的確穿不住和服。陽光強烈，導致水面油亮亮的，看久了只覺眼花。我向事務員詢問，對方指點我在此處下船。此地乍看之下是約莫大

---

10 越後的竹葉糖，以竹葉包裹麥芽糖，乃東京西北方的新潟縣名產，而少爺要去的四國一帶在東京西南方。

11 箱根自古以來就是東海驛道的重要關卡，雖於明治二年（一八六九）廢止，但對阿清這一輩的人而言是地理上的一大分界點，出了箱根就感覺離東京很遙遠。

森[12]那麼大的漁村。我心想這簡直是耍人，誰能忍受這種地方啊。可是來都來了也沒法子。我氣勢洶洶一馬當先上了小船。接著大概又有五、六人上船。另外還載了四個大箱子，船夫這才把船划回岸邊。靠岸時，我又是第一個跳上去，劈頭就逮住站在一旁的流鼻涕小鬼詢問中學在何處。小鬼一臉茫然回答不知道。真是呆頭呆腦的土包子。這個小鎮明明只有巴掌大，怎麼可能有人連中學在哪都不知道。這時一個穿著奇特的窄袖和服的男人走來，叫我隨他去，我跟著男人，來到港屋這家旅館。一群討厭的女人齊聲嚷著歡迎光臨，讓我很不想進去。我站在門口詢問中學在何處，他們說還得從這裡搭乘火車約八公里的路程才能抵達中學，這下子我更不想進去了。我從窄袖和服男人手裡拽回我的二個旅行袋，悠悠然邁步離去。旅館的人全都臉色難看。

我很快就找到火車站。也輕易買到車票。上車一看，火車猶如火柴盒。大概才行駛了五分鐘吧，就得下車了。難怪車票這麼便宜。只要三文錢。之後我雇了一輛車抵達中學，問題是學校已經放學，不見半個人影。工友告訴我，值班老師有點事出去了。這個值班的人未免也太混了吧。我本想去拜訪校長，可是旅途勞頓累壞了，遂上車吩咐車夫送我去旅社。車夫威風凜凜把車停在山城屋這家旅館門口。湊巧和勘太郎家的當鋪同名，挺有趣的。

我被帶去二樓樓梯下方的陰暗房間。熱得簡直待不住。我說我不喜歡這房間，對方說不巧今天客滿，隨手把我的旅行袋一扔就走了。我只好走進房間渾身大汗地忍耐。後來通知我去洗澡，我撲通跳進澡池，沒泡多久就起來了。回房間的途中探頭一看，明明還有很多看似涼爽的房間空著。真是不知禮數的傢伙，居然騙我。後來女服務生送餐來。房間雖悶熱，飯菜倒是比我以前租的地方可口。女服務生一邊伺候我一邊問我從哪來，我說我來自東京。對方說東京一定是個好地方吧，我回答那當然。後來女服務生收拾餐盤去廚房時，我聽見那邊傳來一陣大笑。無所事事之下只好立刻就寢，但我始終睡不著。不只是悶熱，也很吵。吵鬧的程度大概有我以

12 大森，現為東京都大田區，位於海邊，以採集海苔、海水浴場、礦泉知名。

前往處的五倍。我昏昏沉沉夢見阿清。夢中的阿清狼吞虎嚥越後的竹葉糖，連竹葉都一起吃下肚。我說竹葉有毒最好別吃，阿清說不會，這種竹葉是良藥，吃得津津有味。我目瞪口呆張著大嘴哈哈大笑然後就醒了。女服務生正把遮雨板打開。天空依然碧藍如洗。

我早就聽說出外旅行還得付小費。也聽說如果沒給小費就會受到怠慢。之所以被塞進這麼狹小陰暗的房間，八成也是因為我沒給小費吧。大概是看我衣衫襤褸，拎著廉價耐用的帆布袋和黑傘。這些鄉巴佬還真把人看扁了。等我砸下大筆小費好好嚇唬他們。別看我這樣，好歹也是帶著付完學費剩下的三十圓離開東京。扣掉火車和汽船的票錢與雜費，還有十四圓左右。就算通通花掉也沒關係，反正今後會領到月薪。鄉下人小氣巴拉沒見過世面，如果收到五圓小費肯定會驚訝得昏倒。等著瞧吧，我若無其事洗完臉，回到房間等候，昨晚的女服務生送早餐來了。她端著托盤一邊服務一邊偷笑。真沒禮貌。我臉上又沒有熱鬧的遊行可瞧。就算我其貌不揚還是比她的嘴臉好太多了。我本來想吃完飯再說，可是越想越氣，中途就掏出一張五圓鈔票，叫女服務生待會拿去櫃臺，女服務生臉色怪異。後來我吃完飯立刻去學校。鞋子也沒擦。

昨天就坐車去過，所以學校的方位大致知道。拐了兩、三個彎後立刻來到校門前。從大門到玄關鋪滿花崗石。昨天車子喀拉喀拉經過這石版路面時，因為噪音太大讓我有點尷尬。沿路遇到很多穿著小倉制服[13]的學生，大家都是走進這個大門。其中也有看起來比我還高大強壯的學生。想到要教那樣的傢伙，我忽然有點毛骨悚然。遞出名片後，我被帶去校長室。校長留著小鬍子且膚色黝黑有雙大眼睛，是個貌似狸貓的男人。態度相當高傲。他叫我打起精神好好學習，然後就鄭重將蓋了大印的聘書交給我。這張聘書在我後來回東京時被我揉成一團扔進海中了。校長說待會要介紹教職員給我認識，叫我把聘書一一拿給每個人看。真是多此一舉。與其這麼麻煩還不如把這張聘書張貼在教職員休息室三天。

13 九州小倉生產的棉織品，因布料堅固耐用，常用來製作學生制服。

只有第一堂課的鐘聲響起時，教師才會在休息室集合。現在時間還早。校長掏出懷錶看了一下說，「本來打算將來再慢慢談，不過還是先讓你了解大致情況吧。」接著他針對教育精神開始滔滔不絕。我當然是隨便聽聽，聽到一半就暗自叫苦竟然來到這種誇張的破地方。我絕對做不到校長說的那樣。居然抓著我這種楞頭青，一下子叫我做甚麼學生的楷模，一下子又說我必須成為一校師表，還說甚麼除了做學問之外也得以個人德行感化學生，否則不配身為教育者云云，提出一堆誇張的要求。如果我有那麼厲害，還會為了四十圓月薪千里迢迢來這種鄉下嗎！人都是差不多的。只要生起氣來誰都會吵架，但看樣子在此不僅不能隨便開口，連散步都不行。這麼困難的任務應該在雇用之前就先說嘛。我最討厭說謊，所以沒辦法，只好認命接受被騙來的事實，索性鼓起勇氣現在就辭了這工作回去吧。我給了旅社五圓，現在錢包裡只剩九圓。九圓回不了東京。早知如此真不該給甚麼小費。太浪費了。不過九圓也不是毫沒辦法。就算旅費不夠至少也比說謊好，於是我說，「我恐怕做不到校長您的要求，這張聘書還給您。」校長眨巴著狸貓似的大眼睛看著我的臉。最後他才笑著說，「剛才說的只是期望，我也知道你無法完全如我所期望，所以你不用擔心。」既然這麼清楚，一開始就犯不著嚇唬我吧。

這時鐘聲響起。教室那邊忽然一陣騷動。校長說老師們應該也都到休息室了，於是我尾隨校長走進休息室。長方形的寬敞房間周圍排滿桌子，大家都坐在桌前。看到我走進來，大家不約而同望著我。我又不是耍猴戲的。之後我按照校長的叮嚀走到每個人面前拿出我的聘書打招呼。大部分的人都從椅子起身鞠躬回禮，但比較謹慎的人還是接過我遞出的聘書看了一下才鄭重還給我。簡直像在表演野臺戲。來到第十五位的體操教師面前時，一再重複同樣的動作已經讓我有點不耐煩了。對方只要做一次動作，我卻重複做了十五次同樣的動作。好歹也該體諒一下人家的感受吧。

打招呼時有一人是教務主任。此人據說是文學士[14]。說到文學士那可是大學畢

14 日本至大正期間為止，只有帝國大學能夠頒發學士證書。漱石創作本書之際，日本只有東京帝國大學設有文科大學，所以教務主任應是東京帝大文科大學的畢業生。

業生，所以想必很厲害。此人的聲音像個娘們似的異樣溫柔。最讓我驚訝的是這麼熱的天氣他居然穿著法蘭絨襯衫。就算料子單薄肯定還是很熱。只因為貴為文學士就得辛苦穿上這種衣服，而且還是紅襯衫，分明是耍人。事後我才聽說此人一年到頭都穿紅襯衫。簡直是有病。據他自己的解釋是紅色對身體有益，所以為了健康著想特地準備這些行頭，但我看他是瞎操心。既然如此何不乾脆連褲子也穿紅的。還有一個臉色慘白的男人據說是英文教師古賀。通常臉色蒼白的人都很瘦，可是此人卻蒼白又肥胖。以前念小學時，我們班上有個女同學叫做淺井民，淺井她老爹也是這種臉色。淺井家務農，所以我曾問過阿清是否種菜的人就會那樣面有菜色，阿清告訴我並非如此，那人是因為吃了太多長在藤蔓末端沒營養的南瓜，才會臉色蒼白又肥胖。從此我只要看到面有菜色的胖子，就會想到這是吃沒營養的南瓜害的。這個英文教師八成也是吃了太多沒營養的南瓜。不過沒營養的瓜到底是怎樣我到現在都不知道。我曾問過阿清，但阿清笑而不答。想必阿清也不知道。另外還有個跟我一樣教數學的堀田。此人身材壯碩理著毛扎扎的光頭，相貌兇惡就像叡山的惡僧[15]。人家客氣拿聘書給他看，他居然正眼也不瞧，還說甚麼「你就是新來的嗎，有空來玩啊哈哈哈」。哈你個頭啊！這麼沒禮貌的傢伙誰要去找你玩！我打從這時起就給這個光頭私下取了豪豬的綽號。漢學老師果然古板，「兄臺昨日初抵想必疲憊，然則今日便來授課，著實勤奮……」老爺子一開口就滔滔不絕很是和藹可親。至於美術老師完全是藝人風格。他穿著輕飄飄的薄絲大褂，搖晃著扇子說，「您打哪兒來？啊？東京？那真是太好了，咱可有了伙伴……我其實也是江戶男兒。」我心中暗想，他這種德行如果也算江戶男兒，那我寧可不要生在江戶。除此之外如果要一一描述每人還有太多可寫。但那樣沒完沒了所以還是就此打住吧。

打完招呼後，校長說我今天可以先回去了，不過課程方面要和數學主任先商量，後天開始正式上課。我問數學主任是誰，結果就是那個豪豬。真討厭，我很失望必須在這傢伙手下工作。豪豬撂下一句「你住哪裡？山城屋？嗯，那我待會去找

15 叡山的惡僧，指比叡山延曆寺負責戰鬥的僧兵。和後文提到的渾身剛硬鬃毛的「豪豬」這個綽號一樣，都是根據此人毛扎扎的光頭造型產生的聯想。

你商量」就拿著粉筆去教室了。他明明貴為主任竟然主動上門來商量，真是沒見識的傢伙。不過總比把我叫去好。

後來我出了校門，本想立刻回旅社，但是回去也沒事幹，遂決定在鎮上散散步，漫無目標地信步走去。途中看到縣廳。是上個世紀的古老建築。還看到兵營。沒有東京麻布的陸軍聯隊氣派。也看到大馬路。路面寬度只有神樂坂的一半，街景看來也很荒涼。所謂二十五萬石的城下町[16]不過如此。住在這種破地方還趾高氣揚地自稱是甚麼城下町的人真可悲。我邊想邊這麼漫步，不知不覺已回到山城屋前。此地看似遼闊實則狹小。這樣大抵上已算是參觀完畢了吧。我走進門口決定回去吃飯。坐鎮櫃臺的老闆娘一看到我就急忙衝出來，跪在門口恭敬伏身迎接我。我脫鞋走進去，女服務生說房間已經騰出來了，帶我去二樓。十五張榻榻米大的房間面向馬路還附帶大型壁龕。我這輩子活到這麼大還沒住過這麼氣派的房間。下次還不知幾時有這種機會住進來，於是我脫了衣服只穿一件浴衣在房間中央躺成大字型。太爽了。

吃完午餐我立刻寫信給阿清。我的文筆拙劣而且文化水平低所以最討厭寫信。況且也沒有對象可寫。但阿清大概正在擔心。萬一以為我遇上船難死了就麻煩了，所以我還是打起精神寫了一封長信。內容如下。

「昨日已抵達。此地很無聊。我睡在十五張榻榻米大的房間。給了旅館五圓小費。老闆娘見了我就跪在門口大禮相迎。昨晚睡不著。夢到阿清吃竹葉糖連竹葉一起吃掉。明年夏天我就回去了。今天我去學校給大家都取了綽號。校長是狸貓，教務主任是紅襯衫，英文老師是菜瓜，數學老師是豪豬，美術老師是馬屁精。改天再報告其他種種。就此擱筆。」

寫完信心情舒坦了，頓時就睏了，於是像之前一樣在房間中央攤成大字型躺下。這次甚麼也沒夢見，睡得很熟。忽然聽見有人大聲說「就是這個房間嗎」把我驚醒，只見豪豬進來了。人家才剛睡醒他就劈頭開始談正事：「之前不好意思，關

16 石是稻米產量的單位，三萬石以下多為小郡縣小城市，超過十萬石就算是大城。城下町是以領主居城為中心建立的繁華城區。

於你負責的課程……」害我手忙腳亂。再仔細一聽我的工作倒也不算困難，所以我就答應了。區區這點小事，別說是後天了，就算叫我明天開始也沒問題。課程方面討論完畢後，豪豬說，「你應該不打算一直住在這種旅館，我替你找個好出租房，你趕緊搬家吧。別人去肯定沒戲，但如果是我出面一定馬上就有房間。打鐵趁熱，今天去看房子，明天就搬家，後天開始去學校，這樣安排剛剛好。」然後他就自己拍板定案了。的確，我不可能永遠住在這個豪華大房間。即便把月薪全部拿來付房錢搞不好都不夠。才剛大手筆砸下五圓小費就要搬家雖然有點遺憾，但反正早晚都得搬，當然是早點搬家早點安頓下來更方便，所以我決定委託豪豬代為介紹。豪豬叫我先去看一間房子再說，於是我就跟他去了。是位於鎮外小山山腰的房子，非常安靜。屋主做古董生意，叫做伊香銀，妻子比他大四歲。我記得中學時學過witch（女巫）這個名詞，這個女人就很像 witch。反正就算她真是 witch 也是別人的老婆，無所謂。最後說定明天就搬過來。回程豪豬請我在通町喝了一杯冰水。之前在學校見到時我覺得這傢伙態度傲慢很沒禮貌，可是現在看他這樣替我四處打點，好像也不是甚麼壞人。不過，他似乎和我一樣性急又暴躁。事後我聽說，此人好像是全校最受學生歡迎的老師。

三

我終於來學校上課了。第一次走進教室站上講臺時，感覺有點奇怪。一邊講課，一邊暗想自己居然也當了老師。學生很吵。不時用大嗓門喊老師。「老師」這個稱呼讓我很受不了。過去在物理學校天天喊老師，但自己喊別人老師，與被人稱為老師有雲泥之別。總覺得腳底發癢。我不是卑鄙小人，也不懦弱，可惜就是欠缺那麼一點膽子。被人大喊老師，就好像肚子餓的時候在丸之內聽著午炮[17]響起。第一堂課就這麼馬馬虎虎混過去了。幸好並沒有被學生的問題難倒。回到教師休息室，豪豬問我上課還好嗎。我簡單嗯了一聲，他似乎安心了。

17 當時東京會在正午於舊江戶城本跡（丸之內）發射空炮來報時。

第二堂課我拿著粉筆走出休息室時，感覺像要深入敵營。走進教室一看，這個班級的學生各個都比前一班的塊頭大。我是道地的江戶人，身材矮小，所以就算站上講臺也壓不住全場。如果跟人打架我還可以較量幾招，可是面對四十個這樣的大塊頭，只憑我一張嘴怎麼可能震懾對方。不過如果讓這些小土包子發現我的弱點，我怕會慣得他們得寸進尺，因此盡量扯高嗓門略帶捲舌音地講課。起初學生也被我唬得一愣一愣，我心想「看吧」於是越發得意，用上江戶人特有的吆喝腔調，這時坐在第一排正中央看似最強壯的傢伙，突然站起來喊老師，我心想「來了」，一邊問他有甚麼問題，他說：「老師講話太快我聽不懂，能不能一個字一個字講慢一點哪？拜託。」「哪」、「拜託」這種字眼很溫吞。我對他說：「既然嫌我講太快，那我就慢慢講，不過我是江戶人，不會講你們的方言，如果聽不懂，就耐心聽到聽懂為止。」就這樣，第二堂課比我預期中更順利。不過我要走的時候有一個學生說：「老師能不能解釋一下這個題目哪，拜託」，拿著我根本不會的幾何題逼得我直冒冷汗。無奈之下我只好說我也不會，下次再告訴他，然後就急忙抽身走人，學生們頓時怪叫起鬨。還聽見有人說「老師也不會，老師也不會」。混帳東西，老師也不會是理所當然。不會就說不會有啥好奇怪的！要是會那種題目，誰還會為了區區四十圓跑來這種鄉下鬼地方！我就這樣回到教師休息室。這次豪豬又問我上課還好嗎。我嗯了一聲，但嗯了一聲之後還是很不爽，於是我說，這個學校的學生都很不受教啊。豪豬聽了神色古怪。

第三堂課、第四堂課乃至下午的第一堂課全都大同小異。第一天上課的班級各自都出了點紕漏。我心想，當教師也沒有看起來那麼輕鬆呢。雖然這天的課都上完了，但還不能走，必須呆坐到三點。到了三點，據說我帶的班級學生會打掃教室再來報告，然後我得去檢查清掃成果。之後再點個名，這才可以離開。就算為了月薪賣身給學校，也沒有這種連下班時間都得綁在學校坐在桌前乾瞪眼的道理吧！但其他人全都老老實實照規矩做，我心想我這菜鳥一個人唱反調也不大好，於是勉強忍耐。終於可以下班離開時，我忍不住對豪豬抱怨，不管怎樣都得在學校待到三點太愚蠢了吧。豪豬哈哈大笑說「對呀」，接著正色告誡我：「你可不能一直抱怨學校喔。要發牢騷就對我一個人說就好，畢竟也有些人性情古怪。」到了十字路口我們就分開了，所以我來不及再追問詳情。

後來回到住處，房東跑來說，不如泡茶喝吧。聽他這樣說我還以為是他要泡茶招待我，沒想到他毫不客氣地拿我的茶葉自己泡來喝。看來我外出期間他搞不好也一個人跑來泡我的茶。據他表示，他原本就愛書畫古董，最後索性開始私下經營這樣的買賣。而且他居然還很離譜地遊說我：「閣下似乎也頗為風雅，不如開始玩玩這些古董？」二年前我替某人跑腿去帝國飯店時還被當成鎖匠。我披著毛毯[18]去參觀鎌倉大佛時，車夫以為我是手藝人。除此之外也經常被人誤認身分，但是從來沒有人抓著我誇我風雅。大抵上看穿著打扮也該知道。所謂的風雅人士，看書畫就知道，都是那種包著頭巾或手拿短箋題詩的人物。他居然一本正經說我風雅，可見此人不是普通難纏。我說我討厭那樣玩古董把自己搞得像個隱居老人似的，房東嘿嘿笑著說，哎呀沒有哪個人是一開始就喜歡的，但是一旦入門後就會不可自拔沉迷其中喔。他說著用奇妙的手勢自斟自飲我的茶。其實昨天是我拜託他幫我買茶葉，但我討厭這種又濃又苦的茶。好像喝一杯就會把胃搞壞。我拜託他下次幫我買沒那麼苦的茶，他一口答應，接著又喝了一杯。這傢伙逮著不花錢的茶就拼命喝。等房東離開後，我預習一下明天的課程就立刻睡了。

從此我每天去學校，有規律地上班，每天回來後房東就會跑來說「來喝茶吧」。一星期後我已經大致摸清楚學校的狀況，也大致了解房東夫妻的為人。聽其他教師說，剛接到聘書後的一星期至一個月之間會非常在意自己的評價是好是壞，但我完全沒那種感覺。雖然每次在教室出糗的當下會很不快，但過了三十分鐘就忘得一乾二淨。我這人無論甚麼事就算想擔心也擔心不了多久。對於我在教室出糗會對學生造成甚麼影響，那個影響又會讓校長和教務主任有何反應，我通通不在乎。正如我之前所說，我不是甚麼大膽的男人，卻相當拿得起放得下。反正我早有心理準備如果這個學校不好混就立刻捲起包袱去別處，所以不管是貍貓還是紅襯衫我通

18 當時會把毛毯當成大衣披在身上，但通常被視為鄉巴佬作風。

通不怕。更何況是教室那些小鬼，我壓根不打算去討好他們。這套在學校還管用，問題是在住處就行不通了。房東如果只是來喝茶那我還能忍，可他還帶了很多東西來。起初帶來的是刻印章的材料，他一次擺出十塊左右，說全部只要三圓很便宜，非要叫我買。我說我又不是浪遊鄉下的三流畫師，根本不需要那種東西，結果他又拿了叫甚麼華山的男人畫的花鳥圖來。自己把畫掛到壁龕，嘖嘖讚美說畫得真好。我隨口應了一聲「是嗎」，他馬上說畫壇有二個華山[19]，一個是某某華山，另一個是某某華山，這幅畫就是其中一個某某華山畫的。嘮嘮叨叨講解半天後，他說，怎麼樣，算你便宜十五圓就好，一直催我買。我說我沒錢，他堅持說錢是小事甚麼時候付清都沒關係。我說我就算有錢也不買，這才終於把他趕走。下一次他又扛了鬼瓦[20]那麼大塊的硯臺來。他說這是端溪[21]！是端溪！連講了兩、三次強調是端溪的。我半是好笑地問他端溪到底是甚麼，他立刻開始講解：「端溪石硯分成上層中層下層，這年頭的貨色全都是上層，但這塊是中層石硯，不信請看這上面的眼[22]。有三個眼的很少見。發墨也恰到好處，你可以試用看看。」說著就把大硯臺推到我面前。我問他多少錢，他說硯臺的主人是從中國帶回來的，急著非賣不可，所以特價三十圓就好。這傢伙肯定是笨蛋。學校那邊看來我應該可以勝任愉快，可是碰上這種推銷古董的攻勢恐怕撐不了多久。

後來我連學校也受不了了。某晚我在大町這個地方散步，見郵局旁有蕎麥麵店，底下有招牌註明是東京蕎麥麵。我最愛吃蕎麥麵。以前住東京時只要經過麵店門口聞到佐料的香味，就會忍不住想掀簾子進去。這段時間被數學和古董搞得我都忘了蕎麥麵，可是今天都看到招牌了怎麼可能過門不入。我心想，那就順便吃一碗吧，於是走進店內。一看之下並沒有招牌宣傳得那麼好。我以為既然標榜是東京的應該會比較體面，卻不知是老闆根本不懂東京還是沒錢，店裡髒得要命。榻榻米都

---

19 皆為江戶時期的畫家，分別是渡邊華山（一七九三—一八四一）和橫山華山（一七八四—一八三七）。
20 鬼瓦，放在屋頂邊緣的大瓦片，為了避邪驅魔故常做成鬼臉的形狀。
21 端溪，位於中國廣東省，以出產優質硯石聞名。
22 眼是鴝鵒眼的簡稱，指端溪硯石表面特有的圓形斑紋，據說斑紋越多越值錢。

變色了，而且上面都是沙子摸起來很粗糙。牆壁也被燻得漆黑。天花板不僅被油燈的油煙燻黑，且低矮得讓人不禁縮起脖子。唯有寫著蕎麥麵種類的價目表是全新的。八成是老闆買了舊房子兩、三天前才開幕吧。價目表上排名第一號的就是天婦羅麵。我大聲說：「喂，來碗天婦羅！」這時本來縮在角落稀哩呼嚕吃東西的三個人忽然一齊望向我。室內很暗，所以起先我還沒留意，但雙方一對上臉，我才發現他們都是學校的學生。對方先打招呼，於是我也對他們打招呼。這晚吃到久違的蕎麥麵，因為太好吃了，我一口氣吃了四碗天婦羅麵。

隔天我不當回事地走進教室，赫然發現黑板被「天婦羅老師」這幾個大字占據。一看到我，全班哄堂大笑。我覺得很無聊，就問他們吃天婦羅麵有那麼可笑嗎。一個學生說：「問題是吃四碗太過分了哪，拜託。」不管吃四碗還是五碗都是花我自己的錢你們憑甚麼有意見！我匆匆上完課就回到教師休息室。過了十分鐘去別班教室，只見黑板上寫著「天婦羅麵一次四碗也，然則禁止恥笑」。剛才我其實並沒有生氣，但這次我真的火大了。開玩笑一旦過火就成了惡作劇。就像烤年糕一旦烤到焦黑便無人欣賞。鄉下人不懂得拿捏分寸，大概以為不管怎樣咄咄逼人都沒關係吧。住在這種走個一小時就沒地方可逛的小鎮，平時也沒甚麼娛樂，所以才會把天婦羅事件當成日俄戰爭一樣到處宣傳吧。真是一群可悲的傢伙。從小就被這樣教育，長大才會變成那種牛心古怪像楓樹盆栽一樣扭曲的小人。如果他們天真無邪，我還可以隨他們一起大笑，可是現在這樣算甚麼！小小年紀就這麼尖酸刻薄。我默默把天婦羅那行字擦掉，說：「這種惡作劇好玩嗎？這是卑鄙的玩笑，你們懂得卑鄙的意思嗎？」有人回嘴：「自己做的事被人嘲笑就發脾氣才叫做卑鄙哪，拜託。」真是討厭鬼。想到自己專程從東京過來就是為了教這種討厭鬼真是情何以堪。我叫他們別耍嘴皮子應該好好用功，就此開始上課。後來到了下一班的教室，黑板上寫著「吃了天婦羅麵就想耍嘴皮子」。看來還真沒完沒了了。我實在太氣憤，撂下一句「這麼沒大沒小的傢伙我不教了」就大步離去。學生們似乎很高興不用上課。如此看來應付賣古董的還比應付學校好一點。

回家睡了一晚後，我對天婦羅事件已經沒那麼生氣了。去學校一看，學生們也照常來上課。我有點莫名其妙。後來有三天時間相安無事，但第四天晚上我去住田這個地方吃糯米糰子。住田[23]是個溫泉區，從城下町搭乘火車只需十分鐘，徒步也只需三十分鐘，有料理店也有溫泉旅館，也有公園甚至妓院。我去的糰子店就位於花柳街的入口，據說非常美味，於是我洗完溫泉就品嘗了一下。這次沒遇到學生，所以我以為誰也不知道，沒想到翌日去學校，一走進第一堂課的教室就看到黑板寫著「糯米糰子二盤七文錢」。實際上我的確吃了二盤付了七文錢。這些傢伙真難纏。我料想第二堂課肯定也有甚麼名堂，果然黑板寫著「花柳街的糯米糰子真好吃」。真是敗給這些傢伙了。我以為糰子事件到此為止，沒想到我的紅毛巾又出了名。究竟是怎麼回事呢？說穿了其實很無聊。來到此地後，我每天固定會去住田溫泉。此地別的不管怎麼看都遠遠比不上東京，唯有溫泉還不錯。我心想既然來都來了，那就天天去泡個溫泉吧，於是晚餐前走路去洗溫泉順便運動一下。但我每次去時必然拎著西式大毛巾。這條毛巾浸泡熱水後，紅色條紋暈染開來乍看之下像是紅色的。不管去程或回程，搭火車或走路時，我總是拎著這條毛巾。所以學生好像私底下都喊我紅毛巾。住在這種小地方就是這麼煩人。還不只這樣。溫泉館是新蓋的三層建築，上等池可以租用浴衣，加上請人擦背總共只需八文錢。而且還有女服務生用天目臺[24]送茶來。我每次都是去上等池。結果被人議論說我的月薪才四十圓還天天去上等池太浪費。真是多管閒事。還有呢。浴池是用花崗岩砌成，約有十五張榻榻米那麼寬敞。大抵總有十三、四人泡在池中，但偶爾也會碰上池中空無一人。水深大約站起來到胸口，如果在池中游泳權充運動倒是相當愉快。於是我趁著池中無人就在十五張榻榻米的池子裡游來游去自得其樂。不料有一天，我從三樓興沖沖下來，從門口探頭張望今天能否游泳，卻發現有塊大牌子寫著黑字：「禁止在浴池中游泳」。很少有人會在池中游泳，所以這塊告示牌說不定是專門為我訂做的。從此我只好放棄游泳。雖然不再游泳了，可是去學校一看，黑板上又寫著「禁止在浴池中游泳」嚇了我一跳。總覺得全校學生都在監視我一人。我很惱火。不管學生說

23 漱石虛構的地名，但根據文中描述，這個有花柳街的溫泉區疑似道後溫泉。
24 天目臺，獻茶給神佛或貴人時用來放茶杯的盞托。

甚麼，我都不會因此放棄自己想做的事，但是想到自己幹嘛要來這種動輒得咎的小地方就覺得窩囊。而且回到住處依然有古董攻勢在等著我。

四

學校必須有人守夜，由教職員輪流值班。但狸貓和紅襯衫例外。我問為何這二人不用履行義務，人家說這是奏任待遇[25]。真沒意思。他們領的錢多，上班時間少，還不用值夜班，真是太不公平了。他們自行訂出這種自私的規則，還擺出一副理所當然的嘴臉。虧他們好意思厚著臉皮那樣做。關於這點我非常忿忿不平，但是豪豬說就算我一個人抱怨也沒用。可我認為縱使只有一、兩個人抱怨，只要是對的就該堅持到底。豪豬引用 might is right 這句英文勸我，我聽得一頭霧水，反問之下，據說意思是「強者的權利」。若是強者的權利這我老早就知道了。用不著現在聽豪豬解釋。但強者的權利和值夜班是兩回事。狸貓和紅襯衫是強者？這是誰同意的？撇開權利云云先不談，總之終於輪到我值班了。我有潔癖，如果不用自己的寢具安心躺著就睡不好。所以我甚至從小就不曾在朋友家過夜。連朋友家都無法忍受，遑論學校的值班室。雖然討厭，但這也包含在四十圓的職責內所以沒辦法。還是忍耐一下乖乖工作吧。

師生們都放學離開後，一個人在學校發呆真的很蠢。值班室位於教室後面宿舍的西邊一角。我進去看了一下，那個房間正好西曬，悶熱得待不住。正因為是鄉下，即便已入秋依然很炎熱。我拿宿舍供應學生的飯菜打發晚餐，難吃得嚇人。虧那些小鬼吃這種東西還有精力那樣成天胡鬧。而且迅速在四點半就掃光晚餐，真是英雄好漢。吃過飯，天還沒黑所以也不能睡覺。我有點想去溫泉。值班時能不能外出我不知道，但這樣像坐牢一樣呆坐著實在無法忍受。剛來學校時我曾問過值班人員在哪裡，當時工友回答對方有事外出我還覺得奇怪，這次輪到自己倒讓我恍然大

25 奏任待遇，指雖非奏任官卻得到同樣的待遇。奏任官是當時經總理大臣奏薦任命的官員，為高等官三等以下者。

悟。看來是可以外出。我對工友說要出去一下，工友問我有甚麼事，我說沒事，只是去洗溫泉，然後就走了。可惜紅毛巾放在住處忘了帶來，今天就借用溫泉場的毛巾吧。

後來我相當悠哉地一下子泡溫泉一下子起來休息，等到終於天黑後，才搭火車回來在古町站下車。從車站到學校還有四百多公尺。我心想，這點路程小意思，剛邁步走出，就看到狸貓迎面走來。狸貓大概正打算搭這班火車去洗溫泉吧。只見他大步匆匆走來，錯身而過時看到我，於是我打了聲招呼。狸貓很嚴肅地問：「你今天不是輪值嗎？」真是明知故問。二個小時前他明明還對我說，「今晚是你第一次值班呢，辛苦了。」當了校長好像就特別喜歡這種拐彎抹角的說話方式。我很生氣，所以憤憤撂下一句「沒錯，我輪值，因為要值班，所以現在回去的確要在學校過夜」就走了。來到豎町的十字路口時又遇上豪豬。此地果真是小地方。只要走在路上必然會遇到熟人。「喂，你不是值班嗎？」他問。「嗯，我值班。」我回答。「值班還隨便在外面閒逛不大妥當吧？」他說。「一點也不會不妥當，不出來逛逛才不妥當！」我囂張地回答。「你這麼隨興不好吧，要是遇上校長或教務主任就麻煩了。」豪豬講這種話很不像平日作風，於是我說：「剛剛已經遇見校長了。校長還讚許我的散步，他說天氣這麼熱如果不散散步，值班也會很辛苦。」我懶得再囉嗦，匆匆回到學校。

後來天很快就黑了。天黑後的那二小時，我把工友叫到值班室聊天，但是後來也厭倦了，我心想就算睡不著也躺一會吧，於是換上睡衣，撩起蚊帳，扯開紅毯子，一屁股重重坐下，仰天躺倒。我從小就習慣睡覺時先一屁股坐下。以前在小川町租房子時，住在我樓下的法律學校學生還來抗議，說我這是壞習慣。學法律的學生雖然弱不禁風，嘴巴倒是很厲害，滔滔不絕抱怨了一大堆，我嗆回去說，睡覺時發出咚的聲響不是我屁股的錯。是房子的建築粗製濫造。要抱怨的話應該去找房東抱怨。幸好這間值班室不是在二樓，就算我再怎麼用力倒下去也沒關係。如果不用力倒下去，就沒有睡覺的氣氛。啊，真愉快！我伸長雙腿，忽然有東西跳到我腿上。刺刺的好像也不是跳蚤，這下子我嚇到了，在毯子底下甩了兩、三次腿。刺刺的東西忽然增加，小腿有五、六處，大腿有兩、三處，屁股底下被我壓扁一隻，還有一隻跳到我肚臍上——我更加驚慌了。當下立刻爬起來，掀起毯子用力往後一甩，被窩中頓時跳出五、六十隻蚱蜢。不知是甚麼東西時多少有點毛骨悚然，可是認清是蚱蜢後，我忽然怒火中燒。小小蚱蜢也敢嚇唬人，給我等著瞧！我猛然抄起枕頭，用力敲了兩、三下，但敵人體積太小所以用力撲打反而沒用。無奈之下，我只好又坐在被子上，就像年終大掃除時把草蓆捲起來拍打榻榻米那樣，胡亂拍打我周圍。蚱蜢本就驚起，又被枕頭嚇得飛跳起來，於是有的黏在我肩膀，有的撞上我腦袋或鼻頭。黏在臉上的不能用枕頭撲打，所以我用手抓住死命扔出去。氣人的是，即使我使盡吃奶的力氣，也只能砸到蚊帳上，所以蚱蜢只是輕飄飄晃一下壓根不受影響。被扔出去後就掛在蚊帳上，怎麼也不肯死。過了三十分鐘左右才終於解決蚱蜢。我拿來掃帚掃去蚱蜢的屍體。工友來問怎麼了，這還用問嗎？天底下有誰會在被窩裡面養蚱蜢啊，渾蛋！被我這麼一罵，工友辯稱並不知情。這是說句不知情就能了事的嗎？我把掃帚拋到簷廊，工友戰戰兢兢扛起掃帚走了。

我立刻叫住校生派三人當代表過來。結果來了六個人。管他是六人還是十人都無所謂。我穿著睡衣捲起袖子開始談判。

「為什麼要把蚱蜢放進我的被窩？」

「甚麼蚱蜢？」領頭的一個學生說。態度異常鎮定。這個學校不只是校長，連學生都喜歡講話拐彎抹角裝糊塗。

「不認識蚱蜢嗎？不認識的話我就拿給你瞧瞧。」我說，可是不巧已經掃乾淨，一隻也不剩。我又把工友叫來，命令他「把剛才的蚱蜢拿來。」但工友說：「已經倒進垃圾堆了，要去撿回來嗎？」我說，「嗯，去撿回來。」工友拔腿就跑，過了一會在粗紙上放了十隻蚱蜢拿來說，「不好意思，因為夜裡太黑只找到這些。明天我再多撿一些回來。」連工友都很蠢。我拿起一隻蚱蜢給學生看，說：「這就是蚱蜢，你白長這麼大的個子，連蚱蜢都不認識嗎？」這時站在最左邊的圓臉小鬼自大地嗆我：「那是蝗蟲哪，拜託。」「混帳東西，蝗蟲和蚱蜢都一樣。先不說別的，你對老師講話這是甚麼語氣！除了田樂[26]的時候不能在外面吃菜飯[27]。」我劈頭痛罵，小鬼回嘴：「『哪拜託』和菜飯不一樣哪，拜託。」看來這傢伙堅持永遠要用「哪拜託」。

「蝗蟲也好蚱蜢也罷，為什麼要放進我的被窩？我甚麼時候拜託你們這樣做了？」

「沒人把牠放進去。」

「如果沒人放，牠怎麼會在被窩中？」

「蝗蟲喜歡溫暖的地方，八成是牠自己跑進去的。」

「胡說八道！蚱蜢自己跑進去——蚱蜢怎麼可能自己跑進去——為什麼要這樣惡作劇？說！」

「說甚麼？我們又沒有放進去，要怎麼說？」

小家子氣，自己做過的事都不敢說，那還不如不要做。只要人家拿不出證據，他們就厚著臉皮打算否認到底。我中學的時候也做過一點惡作劇。但是人家問起是誰做的時候，我從來不會卑鄙地敢做不敢當。做了就是做了，沒做就是沒做。像我這種人，就算做再多惡作劇也照樣是清白的。與其說謊逃避責罰，還不如一開始就不要搗蛋。搗蛋自然會受懲罰。就是因為有懲罰，才能痛快地搗蛋。只想搗蛋卻不想受懲罰的卑劣品行在哪都不可能流行！只想借錢卻不肯還錢的人，肯定都是這種人畢業後幹的好事。到底是來中學幹甚麼的。進了學校，說謊，打馬虎眼，背地裡偷偷摸摸惡搞，然後就這樣厚著臉皮畢業後還自以為自己是知識分子。簡直是不可理喻的小卒仔。

和這種無藥可救的廢物談判讓我噁心作嘔，於是我說「既然你們死不肯說，那我也懶得問了。進了中學，連高尚和低劣都無法區別真是可悲」就把六人放走了。我的言行舉止或許不夠高尚，但我自認心靈遠比這些小鬼高尚太多了。六人就這麼從容離去。表面看起來比我這個當老師的還大牌。事實上正因為他們態度從容所以

26 田樂，種田時祭神的表演活動。

27 菜飯（nameshi）是將青菜剁碎與米飯一同烹煮，與哪拜託（namoshi）發音相似。

更惡劣。我終究沒有這樣的膽量。

之後我又鑽進被窩躺下，剛才的騷動令蚊帳中嗡嗡響。我懶得點燃蠟燭一隻一隻燒死蚊子，遂解下吊掛蚊帳的繩子，折疊成長條形在屋內上下左右揮舞，吊環一再飛起狠狠打中我的手背。第三次鑽進被窩時雖然比較平靜了，但我輾轉難眠。一看時鐘已經十點半了。仔細想想，自己還真是來到一個麻煩的地方。如果中學教師不管去哪都得應付這種小鬼那也太不幸了。我很好奇教師怎麼不會鬧缺貨。教書久了八成會變成特有耐心的木頭人吧。我終究辦不到。這麼一想，不由對阿清肅然起敬。雖然她是個沒受過教育也沒有身分地位的阿婆，人格卻非常高尚。過去受她百般照顧我也不曾感激過，如今隻身來到遙遠異鄉後，這才懂得她對我有多好。如果她想吃越後的竹葉糖，我就算專程大老遠去越後買給她吃，也絕對有給她吃的價值。阿清曾經誇獎我無欲無求，個性率真，但是比起被誇獎的我，我覺得她本人更了不起。我忽然很想念阿清。

我默默想著阿清，一邊無聊地做伸展操，突然頭頂上響起好像有三、四十人咚咚跺足打拍子的聲音，響亮得彷彿二樓要塌下來。接著又響起與跺足聲成正比的吼叫聲。我嚇得跳起來以為發生了甚麼事。一跳起來，隨即醒悟是剛才那些學生故意胡鬧來報復我。沒有為自己做的壞事道歉之前，罪孽不會消弭。至於是甚麼壞事，你們自己應該心裡有數。照理說你們睡著之後深深懺悔明天一早就來賠罪才是正理。縱使不來賠罪認錯，也該誠惶誠恐地肅靜睡覺才對。結果居然這樣大吵大鬧。學校蓋宿舍又不是用來養豬的。你們想發瘋也該有個限度。等著瞧吧！我穿著睡衣就衝出值班室，三步併作兩步走樓梯直上二樓。但不可思議的是，剛剛還在頭頂上咚咚響的噪音，突然安靜了，別說是人聲連腳步聲都聽不見。這就奇怪了。已經熄了燈，所以一片漆黑看不出有甚麼東西，但憑著四周動靜可以感知有沒有人。由東向西貫穿的長廊連一隻老鼠都沒有。長廊盡頭照進月光，遙遠的彼方顯得格外明亮。不對勁，我從小就經常作夢，還會迷迷糊糊跳起來說些不知所云的夢話，因此常被人嘲笑。記得我十六、七歲時，有一晚夢見撿到鑽石，甚至還猛然站起，氣勢洶洶質問睡在一旁的哥哥剛才的鑽石到哪去了。當時被家人整整笑話了三天害我很窘。說不定此刻也是在作夢。但是剛才明明很吵啊……我站在走廊中央沉思，月光照亮的走廊盡頭，忽然有三、四十人的聲音一起喊著「一、二、三、哇！」緊接著又像之前一樣打著拍子一起跺足。看吧，這果然是現實不是夢。我也不甘示弱地大吼「安靜！現在是深夜了！」沿著走廊向前奔去。走廊很暗，盡頭的月光是我唯一的目標。大概跑了三、四公尺時，小腿忽然在走廊中央撞上堅硬的大型物體，痛得我腦袋發麻，身體猛然向前仆倒。可惡！我爬起來才發現跑不動了。雖然心急，但雙腳就是不聽使喚。我耐不住性子，用單腳繼續跑，但腳步聲和人聲再次消失，一片死寂。人類就算再卑鄙也不可能卑鄙到如此地步。簡直是豬。既然如此，我非得把躲起來的傢伙揪出來，直到對方低頭認錯才罷休！我打定主意後決定打開一間寢室檢查，但門打不開，不知是鎖起來了還是拿桌子甚麼的堵在門口，無論我怎麼推都推不開。於是我又轉身試著打開對面靠北邊的寢室。果然也一樣打不開。我一定要開門揪出裡面的傢伙！正當我這麼焦慮之際，東邊盡頭又響起吼叫聲和跺腳聲。這些傢伙串通好了東西呼應來耍我，明知如此我卻束手無策。老實說，我雖有勇氣卻欠缺智慧。這種時候我壓根不知該如何是好。雖然苦無對策，但我絕不打算認輸。如果就這樣算了，我的面子怎麼掛得住。咱們江戶人最恨的就是被人恥笑沒出息。萬一人家以為我在學校值班卻被流鼻涕小鬼戲弄得束手無策，無奈之下只好含淚入睡，那我豈不是一世英名都毀了。別看我這樣好歹是武士後人。我家祖先可上溯清和源氏，是多田滿仲的後裔[28]。和這種土包子農民打從出生就截然不同。只可惜我腦子不夠用。唯一困擾的就是想不出對策。但就算困擾我也不會認輸。我只是太誠實，所以不知如何是好。這世上豈有老實人吃虧，其他人獲勝的道理！想想看吧。今晚如果贏不了，那就明天贏回來。明天如果贏不了，那就後天贏。後天如果贏不了，我就從住處包便當過來耗在這裡直到獲勝為止。如此下定決心後，我就在走廊中央盤腿而坐等待天亮。蚊子嗡嗡飛來但我不以為意。摸摸剛才撞到的小腿，

28 因朝廷財政等問題，清和天皇曾將他的許多子孫降為臣籍、賜姓源氏，故稱清和源氏。多田滿仲（九一二—九九七），指住在攝津多田的源滿仲，為平安中期的鎮守府將軍，奠定清和源氏的基礎。小宮豐隆指出，夏目家先祖有這樣的傳承。

好像黏黏滑滑的，大概是流血了。流血就流血吧。漸漸地，之前的倦意上來，我昏昏沉沉打起瞌睡。忽然感到很吵，醒來的瞬間我暗叫不妙連忙跳起。只見我右邊的房門半開，二名學生站在我面前。我豁然回神，吃驚之下，一把拽住就在我眼前的學生的腳，用力一扯，那傢伙立刻狠狠仰天倒下。活該！趁著另一人有點驚慌失措，我撲上去按住他的肩膀搖晃兩、三下，他目瞪口呆，眨巴著眼愣住了。我叫他們跟我去我的房間，他們似乎很懦弱，二話不說就跟來了。此時早已天色大亮。

我把學生帶回值班室開始逼問後，豬不管怎麼打還是豬，只見他們一口咬定不知情，似乎打算否認到底，死都不認錯。後來學生們一個接一個都從二樓跑來值班室。一看之下大家眼皮浮腫睡眼惺忪。小家子氣。區區一晚沒睡就這種臉色，還配當男人嗎！我叫他們先去洗把臉再過來談話，可是沒有任何人去洗臉。

我質問了五十幾個學生約莫一小時，這時狸貓來了。事後我聽說，好像是工友說學校出事了，特地去通知他的。這點小事就嚇得喊校長未免也太孬了。所以這種人才會窩在中學當甚麼工友。

校長聽完我的說明後，也聽了一下學生的辯解。之後他說，「在處分確定之前先照常上學，還不快去洗臉吃早餐，否則來不及上課了，快去吧！」就這樣把住校生全部放走了。校長未免太心慈手軟。如果是我，肯定當場就叫這些住校生全部退學。就是因為校長這麼溫吞，學生才敢戲弄值班老師。之後校長對我說，「你擔心了一夜大概也累了，今天可以不用上課。」我回答：「不，我一點也不擔心。這種事就算每晚發生，只要我還活著就沒啥好怕。我可以照常上課，一晚沒睡就不上課的話，我寧願把領到的薪水扣抵還給學校。」校長不知在想甚麼，盯著我的臉看了半晌，最後提醒我：「可是你的臉腫得很厲害喔。」原來如此，難怪我覺得頭有點沉。而且整張臉都很癢。肯定是蚊子叮的。我一邊抓臉，一邊回答：「就算臉腫成豬頭，嘴巴還能講話，所以不影響上課。」校長含笑誇獎我很有活力。這其實不是誇獎，是在揶揄我吧。

五

紅襯衫問我要不要去釣魚。紅襯衫是個聲音溫柔得噁心的男人。簡直分不清是男是女。是男人就該發出男人的聲音。而且他不是大學畢業生嗎？就連物理學校畢業的我都能發出這樣的聲音，他一個文學士還這樣未免太丟臉了。

我含糊其辭沒有立刻答應，他居然很沒禮貌地問我有沒有釣過魚。雖然次數不多，但我小時候好歹也在小梅[29]的釣魚池釣到過三條鯽魚。還曾在神樂坂的毘沙門祭典時用鐵絲勾到八寸長的鯉魚，正在得意時，鯉魚又噗通一聲掉下去了，至今想起都覺得可惜。紅襯衫聽了腆出下顎呵呵笑。犯不著笑得這麼做作吧。「如此說來，你還不懂釣魚的個中滋味。如果你想要的話我可以傳授一二。」他說著非常得意。誰希罕你的傳授！基本上會去釣魚打獵的人都很無情。倘若不是無情，不可能以殺生為樂。魚和鳥肯定也寧可活著不想被人殺死。如果不釣魚打獵就無法糊口那自然另當別論，問題是明明不愁吃穿，還非得殺生才睡得著的話那未免太奢侈了。

雖然這麼想，但對方不愧是文學士，伶牙俐齒的，我想我肯定說不過他，於是沒吭氣。結果他還真以為已經降伏我了，頻頻勸說：「那我立刻傳授給你吧，如果有空，不如今天就去吧？我們一起去，只有我和吉川君太冷清，你也一起去吧。」吉川君就是那個美術老師馬屁精。這位馬屁兄不知是怎麼想的，早晚出入紅襯衫家，不管去哪都形影不離。一點也不像同事，倒像是主僕。紅襯衫所到之處必然有馬屁精的身影，所以我一點也不驚訝，但他們倆自己去就好，幹嘛還要找我這個冷漠不識趣的人？八成是對自己的釣魚本領很自豪，打算在我面前炫耀一下釣魚英姿。我可不會乖乖任由他炫耀。哪怕他釣到兩、三條大鮪魚，我也不為所動。我也是人，儘管釣技欠佳，只要釣線放下去總會釣到甚麼吧，今天如果我不去，以紅襯衫的行事作風，肯定會以為我是技術太爛才不敢去，不是因為討厭而不想去。我這麼思忖之後，遂回答我要去。之後，等到放學後，我先回去整理好，再和紅襯衫、馬屁精

29 小梅，向島的地名，位於現在的東京都墨田區。

在火車站會合一起去海邊。船夫只有一人，船身細長，在東京那邊我從未見過這種船。我放眼看了半天都沒在船上找到一根釣竿。沒有釣竿要怎麼釣魚？到底打甚麼主意？我問馬屁精，這傢伙摸著下巴很內行似地教訓我說，海釣不需用釣桿，只用釣線即可。早知會被他這樣說還不如保持沉默。

船夫慢吞吞搖槳，但動作熟練得嚇人，轉頭一看，我們已遠離岸邊，沙灘看起來變得很渺小。高柏寺的五重塔從森林上方冒出宛如尖針。再看對面那頭，海上浮現青島。據說這是座無人島。定睛望去全是石頭和松樹。只有石頭松樹的確無法住人。紅襯衫頻頻眺望，讚嘆景色很美。馬屁精也說是絕佳景致。甚麼絕佳景致我不懂，但的確讓人心曠神怡。在遼闊的海上吹吹海風絕對有益身心。我忽然餓了。「看那棵松樹，樹幹筆直，上方撐開如傘，很像透納[30]的畫呢。」紅襯衫對馬屁精說，馬屁精也一副很懂的樣子附和：「的確像透納呢。尤其是那種彎曲的線條。和透納一模一樣。」透納是甚麼我不知道，反正不問也不會少塊肉所以我沒吭聲。小船順時鐘繞行小島。海面無波無浪。平坦得難以相信這是大海。托紅襯衫的福讓我偷得浮生半日閒。可以的話，我很想去島上看看，於是我試探著問能否把船停靠在那岩石邊。紅襯衫提出異議：「也不是不能靠岸，但若要釣魚的話，不能離岸太近。」我沉默以對。這時馬屁精多嘴地提議：「主任，我看這樣吧，不如今後就把那座島取名為透納島？」紅襯衫也贊成：「這個主意好，我們今後就這麼喊它吧。」這個「我們」如果也包括我就傷腦筋了。我還是喊它青島就好。馬屁精說，「如果在那岩石上放上拉斐爾[31]的瑪丹娜[32]您看如何，一定是很棒的畫面喔。」紅襯衫呵呵呵笑得很噁心，叫他別提甚麼瑪丹娜。「沒事，反正這裡沒人不要緊。」馬屁精說著還看了我一眼，然後故意把臉撇開奸笑。我覺得很不愉快。甚麼馬蛋哪、牛蛋哪都不關我的事，所以你們想把她放在哪都行，但是當著別人的面講別人不知道的事還做出「反正他聽不懂沒關係」的樣子未免太低級。而且他本人還厚著

30 透納（Joseph Mallord William Turner，一七七五－一八五一），英國風景畫家。
31 拉斐爾（Raffaello Santi，一四八三－一五二〇），義大利畫家，一生創作過為數眾多的聖母主題畫像。
32 瑪丹娜，指聖母瑪利亞，但也指廣大男性心儀的女性。

臉皮自稱是道地的江戶男兒。我猜瑪丹娜云云肯定是紅襯衫相好的藝妓花名。讓自己相好的藝妓站在無人島的松樹下當風景看真是夠了。馬屁精乾脆畫成油畫拿去公開展覽算了。

船夫停下船說這裡應該可以了，就此落錨。紅襯衫問水深幾尋[33]，船夫說六尋左右。紅襯衫說六尋的話很難釣到鯛魚，遂把釣線拋入海中。看來這位老大還想釣鯛魚咧，果然氣魄豪邁。馬屁精一邊拍馬屁說「沒問題，以主任的技術肯定釣得到，況且此處風平浪靜」一邊也拋出釣線。釣線前端好像只掛了鉛錘似的東西。沒有浮標。釣魚不用浮標就好像量溫度不用溫度計。我絕對做不到，正在旁觀之際，對方說：「你也動手釣吧，有線嗎？」我說釣線多得很，可是沒浮標。釣魚大師說，「不靠浮標就無法釣魚的是外行人，你看這樣，釣線沉到水底時，就在船邊用食指觀測動靜，魚如果上鉤了立刻會有感覺——你看，魚來了！」他突然開始收線，我以為釣到了，結果甚麼也沒有，只有魚餌被吃光。活該。「教務主任，真可惜啊，剛才那肯定是條大魚，就連主任的技術都讓魚跑了，看來今天不能大意呢，不過讓魚跑了也不算甚麼啦，總比只會和浮標大眼瞪小眼的傢伙好，那種人就像沒有煞車器就不敢騎腳踏車一樣……」馬屁精喋喋不休盡是胡言亂語。我真的很想揍他。我也是人，又不是教務主任一個人包下這片海域。地方很遼闊。我心想，好歹也該有隻鰹魚上鉤給我個面子吧，撲通一聲把鉛錘和釣線拋出去後就胡亂用指尖操縱。

過了一會，我感到釣線一抽一抽地抖動。我思忖，這一定是魚。如果不是生物，不可能這樣抽動。太好了，我釣到了！我急忙收線。「咦，你釣到了嗎？後生可畏啊。」馬屁精這麼調侃我之際，我已把線收到只剩一點五公尺左右在水中。從船邊探頭一看，釣線上有隻帶著斑紋似金魚的魚，一邊左右漂蕩一邊漸漸浮上水面。真有趣。把魚拽出水面時，魚活蹦亂跳，甩得我滿臉海水。好不容易按住魚，想摘下釣鉤卻一直摘不下來。抓魚的手滑膩膩的。很噁心。我懶得麻煩，揚起釣線

33 尋，水深的單位，一尋約一八〇公分。

砸向船艙，魚立刻死了。紅襯衫和馬屁精吃驚地看著。我在海中搓洗雙手，放到鼻尖前嗅聞。還有腥味。我受夠了。不管釣到甚麼我都不想抓魚。魚大概也不想被我抓著。我匆匆收起釣線。

「恭喜你首先立下大功，可惜釣到的是縞雞。」馬屁精又自大地說，紅襯衫打趣說縞雞聽起來很像俄國文學家的名字[34]。馬屁精立刻附和：是啊，簡直就像俄國的文學家。高爾基是俄國文學大師，丸木[35]是東京芝區的攝影師，那稻米樹就是保命的糧食吧[36]。這個紅襯衫有個壞毛病。不管見到誰都喜歡講一些外國洋名。每個人各有所長。像我這種數學教師怎麼可能分得清高爾基與動力機，他還是收斂一點比較好。就算要說也該說富蘭克林的自傳啦、《*Pushing to the Front*》[37]這種連我都聽過的洋名才對。紅襯衫經常帶《帝國文學》這種紅色封面的雜誌來學校虔誠閱讀。我聽豪豬說，紅襯衫平日說的外國人名全是從那本雜誌看來的。看來《帝國文學》也是造孽不小啊。

後來紅襯衫和馬屁精拼命釣魚，二人一個小時之內就釣到十五、六隻。可笑的是，釣來釣去通通都是縞雞。就算想釣鯛魚也釣不到。紅襯衫對馬屁精說，「看來今天俄國文學大豐收呢。」「以主任的本領都只能釣到縞雞，那我這種人釣到縞雞也是莫可奈何。這是理所當然。」馬屁精回答。據船夫表示，這種小魚刺多又難吃，無法下嚥，只能當作肥料。原來紅襯衫和馬屁精是在拼命釣肥料啊。可憐之至。我釣到一條就學乖了，於是在船中央仰臥，從剛才就在眺望天空。比起釣魚，這樣瀟灑多了。

這時二人開始小聲交談。我聽不清楚，也不想聽。我眺望天空遙想阿清。有錢

---

34 此處為漱石虛構，實際上松山地區將這種花鰭海豬魚稱為基左，發音近似法國歷史家法蘭索瓦・基佐。

35 丸木利陽（一八五四－一九二三），明治大正時期的知名攝影師，其工作室位於芝區（現在的東京都港區）。

36 用高爾基（Gorky）、丸木（Maruki）、稻米樹（Komenonaruki，稻子當然不是樹，但此處為押韻所需）玩的文字遊戲。

37 《*Pushing to the Front*》（中譯：偉大的勵志書）為美國企業家奧里森・馬登的著作。和《富蘭克林自傳》一樣都被日本的中學教科書收錄。

的話，帶阿清來這種漂亮的地方玩玩一定很愉快。饒是景色再美，和馬屁精這種人在一起也沒意思。阿清雖是滿臉皺紋的老太太，但是不管帶她去哪都不會覺得丟人。像馬屁精這樣，縱使可以搭乘馬車或乘船甚至去凌雲閣[38]，終究讓人無法忍受與他同行。如果我是教務主任，紅襯衫是我，他八成也會對我拍馬逢迎，對紅襯衫冷嘲熱諷。常有人說江戶人輕浮，的確，如果他這種人在鄉下四處遊走，厚顏無恥地一再強調自己是江戶人，鄉下人肯定會認為輕浮就是江戶人的代名詞。當我這麼沉思時，二人忽然吃吃笑出來。笑聲之間還斷斷續續傳來說話聲讓我摸不著頭緒。「啊？誰知道……」「真的是……因為不知道……罪過啊。」「不會吧……」「把蚱蜢……是真的。」

我對其他的話倒是沒注意聽，唯獨聽到馬屁精提及蚱蜢，不禁心頭一跳。不知怎地，他說到蚱蜢這個字眼時格外用力，好像刻意讓我聽清楚，之後又故意語焉不詳。我動也不動地繼續傾聽。

「又是那個堀田……」「或許吧……」「天婦羅……哈哈哈哈哈！」「是他煽

動……」「糯米糰子也是？」

雖然對話這樣斷斷續續，但從他們提到蚱蜢、天婦羅和糯米糰子來推斷，顯然是在偷偷議論我的事。要講就該大聲講，如果非要講悄悄話，那就不該邀我一起來。真是討厭的傢伙。不管是蚱蜢還是炸雞，錯都不在我。由於校長說處分的事先緩一緩，看在狸貓的面子上我只好暫時先忍住。馬屁精這傢伙居然還敢多嘴批評。你還是咬著毛筆趁早閉嘴吧。我的事情，我遲早會自己解決，所以雖然對我無甚影響，但他說的「又是那個堀田」、「是他煽動」還是讓我耿耿於懷。我不知道他的意思究竟是說堀田煽動我把事情鬧大，還是說堀田煽動學生欺負我。仰望藍天，陽光漸漸黯淡，開始吹起有點刺骨的冷風。輕煙似的流雲靜靜在蔚藍的天幕延展，不知幾時已流入底層的深處，彷彿籠罩一層輕淺薄紗。

紅襯衫這才想起來似地說該回去了，馬屁精也跟著說，「是啊，時間差不多

38 凌雲閣，明治二十三年（一八九〇）建於淺草公園內的十二層紅磚高塔。

了，今晚要和您的瑪丹娜約會嗎？」紅襯衫叫他別胡說八道，以免別人誤會。並且要倚靠船邊的傢伙稍微坐正。「嘿嘿嘿，沒關係啦，他就算聽見了……」馬屁精說著轉頭時，我正瞪大雙眼死盯著他。他嚇得瞇眼向後一仰，然後縮起脖子抓抓頭改口說：「啊呀，這可真嚇人。」這傢伙未免太狡猾了。

船隻行過平靜的海面回到岸邊。紅襯衫問我：「看來你好像不太喜歡釣魚？」我回答：「對，我更喜歡躺著看天空。」順手把沒抽完的香菸扔進海中，只聽見滋的一聲，菸蒂在船槳劃開的波浪上蕩漾。「自從你來了學生也很高興，你要好好表現。」紅襯衫又說出和釣魚完全不相干的話。「他們應該不怎麼高興吧。」「不，我這不是客套話。學生是真的很高興，對吧，吉川君？」「豈止是高興，簡直樂翻天。」馬屁精奸笑說。說來也怪，這傢伙講的每句話都讓我很火大。「不過你如果不小心，會很危險喔。」紅襯衫說。我嗆回去：「反正都危險。到此地步我已有心理準備。」實際上我早有不是被免職就是讓住校生全體道歉的覺悟。「你這樣說，我就沒法子接話了——其實我身為教務主任也是為你好才這麼說，你可別誤會我的好意。」「教務主任純粹是對你一番好意喔。小弟雖不才，但同樣身為江戶人，我也希望你能在學校待得越久越好，彼此互相幫助，所以別看我這樣其實也在私下為你盡力奔走喔。」馬屁精說出人模人樣的話。與其接受他的幫助，我寧可上吊自殺。

「所以，學生很歡迎你來任教，但其中也有種種內情。想必有些事或許讓你很生氣，但我認為你還是暫時忍耐一下，息事寧人吧。這樣對你自己絕對不會有壞處。」

「種種內情是甚麼內情？」

「這就說來話長了，總之你慢慢會知道。即使我不說你自然也會發現，對吧，吉川君？」

「對，這中間內情很深。不是一朝一夕就能明白的。但久了就會知道，不用我說你自然會發現。」馬屁精也說出和紅襯衫一樣的話。

「既然是那麼麻煩的內情，那我不知道也無所謂，是因為你們主動提起我才會問。」

「你說得對。是我們主動先提起，卻沒把話講完，的確很不負責。那我就先透露一點吧。恕我冒昧直言，你才剛從學校畢業出來當老師。可是學校這種地方往往牽涉到私人恩怨和利益，不是靠書生意氣淡泊處之就管用的。」

「不能淡泊處之的話，那我到底該用甚麼態度？」

「看，你就是這麼率直，我的意思是說你還缺乏經驗……」

「我本來就不可能有經驗。因為我的履歷表上也寫了，我才二十三歲又四個月大。」

「對，所以有時會在意外的情況下被人利用。」

「只要誠實以對，誰想利用我都不怕。」

「你當然不怕，但就算不怕，也會被利用。你的前任就是吃了這個虧，所以我才叫你一定要小心。」

我發現馬屁精忽然變得很安靜，轉頭一看，不知幾時他已跑去船尾正在和船夫談論釣魚。馬屁精不在，事情就好談多了。

「我的前任是被誰利用了？」

「如果指名道姓會涉及那個人的名譽，所以我不能說。況且也沒有明確的證據，如果我隨便指控那人反而成了我的不是。總而言之，你既然有緣來學校，如果因此失足，那我們聘請你來就毫無意義了，所以請你務必小心。」

「你一直叫我小心，可是我甚麼都不知道要如何小心。反正我不做壞事應該就行了吧。」

紅襯衫呵呵笑。我自問沒講甚麼可笑的話。直到此時此刻我仍堅信自己行得正做得端。仔細想想，世間大多數人好像都在獎勵人家變壞。他們似乎深信如果不變壞就無法在社會出人頭地。偶爾看到誠實純真的人，就輕蔑地說人家是不解世事的少爺或毛頭小子。既然如此，中小學的公民老師根本不該教育學生別說謊、要誠實。索性在學校教導學生說謊的方法或不相信他人的技巧、利用他人的策略，對社會和當事人都會更有用處吧。紅襯衫之所以呵呵笑，是笑我的單純。既然這年頭連單純率真都會被笑，那我也莫可奈何。阿清在這種時候就絕對不會笑。她只會非常敬佩地傾聽。阿清遠比紅襯衫更高尚。

「不做壞事當然好，但有時就算自己不做壞事，如果不了解別人的壞，還是會下場悽慘。因為社會上有很多人看似光明磊落，淡泊名利，好心替你安排住處，你還是不能對他掉以輕心……天氣變冷了。已是秋天了呢，海邊一片霧靄已昏暗如墨。景色真美。喂，吉川君，你看那片海灘的景色如何……」他大聲呼喚馬屁精。馬屁精跟著大力附和：「的確是風景絕佳。如果有時間真想寫生，只能這樣放過這種景色太可惜了。」

港屋旅館的二樓亮起一盞燈，火車汽笛響起時，我坐的船已靠岸，船頭插進沙中就此再也不動。老闆娘站在沙灘上招呼紅襯衫：「您這麼早就回來了。」我從船邊嘿咻一聲跳到岸上。

六

我超討厭馬屁精。為了日本著想，這種傢伙應該綁上大石頭沉到海底才對。至於紅襯衫，我很厭惡他的聲音。他八成是刻意用那種聲音做作地假裝斯文。儘管他再怎麼假裝，就憑他那張臉也是白費力氣。會被唬住的頂多只有瑪丹娜吧。但他不愧是教務主任，說出的話就是比馬屁精有學問。回到住處後，我思考他的說詞，基本上還挺有道理的。雖然他不肯講明，所以我無法確定，但他似乎是在暗示我提防豪豬不是好人。既然如此就該明確講清楚嘛，太不像個男人了。而且，如果豪豬真的是那麼壞的教師，紅襯衫應該趕緊將他免職才對。身為教務主任又是文學士居然這麼窩囊。就連背後講人家壞話都不敢指名道姓，可見紅襯衫肯定非常懦弱。懦弱的人通常比較親切，所以紅襯衫才會像女人一樣親切吧。親切歸親切，那和說話的聲音又是兩回事了，所以就算我討厭他的聲音，也不能因此否定他的親切。不過話說回來，這個社會還真不可思議，我看不順眼的人對我親切，我覺得意氣相投的朋友卻是惡棍，簡直是耍人。基本上這裡是鄉下，所以大概事事都和東京相反吧。真是危險的地方。說不定哪天失火會結冰，石頭變豆腐。不過，那個豪豬怎麼看都不像是會煽動學生做這種惡作劇的人。既然號稱是全校最受歡迎的老師，只要他想做，或許大抵上的事都做得到——但是先不說別的，首先他根本不必使出那種迂迴手段，直接找我打一架不是省事多了。如果嫌我礙事，他可以直接對我說「你怎樣怎樣妨礙到我了，請你辭職吧」。凡事只要好好商量都能解決。如果他說的有理，叫我明天就辭職都沒問題。又不是只有這裡才有飯吃。就算去天涯海角，我自認也不會餓死。豪豬這傢伙還真是不可理喻。

我來到這裡時第一個請我喝冰水的就是豪豬。如果他是那種表裡不一的人，讓他請客買冰水有損我的顏面。當時我只喝了一杯所以他只付了一錢五厘。但不管是一錢或五厘，欠騙子的人情，會讓我到死都不舒坦。明天去學校就把一錢五厘還給他吧。我向阿清借了三圓。那三圓直到五年後的今天都沒還。不是還不起，是不用還。阿清絕對不指望我還錢。現在還錢會顯得很生分，所以我也不打算還。我越擔心這種問題就越顯得我懷疑阿清的心意，等於質疑阿清美好的心靈。不還錢不是踐踏阿清，而是把阿清當成自己人。阿清本來就無法和豪豬比較，無論是冰水或甜茶，受人恩惠卻不道謝其實是看重對方，是對那人的好意。吃飯各付各的當然很簡單，但心中的感激才是金錢買不到的回禮。縱使我無權無勢也是獨立的個體。應該把獨立個體的謝意視為遠比百萬兩銀子更可貴的謝禮。

讓豪豬付了一錢五厘，我自認已經做出比百萬兩更可貴的還禮。豪豬理當心存感激。他卻私下做出卑鄙行為未免太不像話了。明天去學校把一錢五厘還清後我們就互不相欠。先這樣做之後再找他吵架算帳。

想到這裡我睏了，於是倒頭大睡。隔天因為心裡惦記著此事，所以比平時提早到校等候豪豬。可是遲遲不見他來。菜瓜來了。漢學老師來了。馬屁精來了。最後連紅襯衫都來了，但豪豬桌上只躺著一支粉筆非常安靜。我本來打算一進教師休息室就把錢還給他，所以出門時就像上澡堂一樣手裡握著一錢五厘來到學校。我的手很會流汗，張開手心一看，一錢五厘已沾滿汗水。如果拿沾了汗水的錢還給豪豬，還不知會被他怎麼說，於是我把錢放到桌上呼呼吹乾後才又握住。這時紅襯衫走過來說：「昨天不好意思，你大概很困擾吧？」我說不會困擾，只是害我肚子很餓。這時紅襯衫支肘倚著豪豬的桌面，忽然把那張大餅臉湊近我的鼻翼，我還以為他要幹嘛，原來他是叫我千萬別把昨天臨走時在船中說的話告訴別人。還問我應該尚未告訴任何人吧。此人不愧是個娘娘腔，似乎很愛瞎操心。我的確沒告訴別人。但我打算接下來就要說，手裡都已準備好一錢五厘了，所以如果現在被紅襯衫封口，會有點麻煩。紅襯衫也真是的，雖然沒有指明是豪豬，但他留下那麼容易猜到的謎題，事到如今卻叫我不能解開謎底，身為教務主任未免太不負責了。照理說他應該在我和豪豬火爆開戰之際，堂堂正正地出面替我撐腰。那樣才配當一校之主任，也才有資格穿紅襯衫。

我對教務主任說，雖然尚未告訴任何人，但我打算待會就和豪豬攤牌。紅襯衫聽了非常驚慌，「你千萬不能那樣胡來，關於堀田君的事，我可沒有對你明確講過甚麼——如果你現在衝動行事，會讓我非常困擾。」他還很沒常識地質問我「應該不是為了在學校引起騷動才來的吧」，我說，「廢話，如果我領學校的薪水還隨便引起騷動，那校方也會很困擾吧。」紅襯衫聽了之後甚至滿頭大汗懇求我：「那好，昨天說的話只是供你參考，拜託你千萬別說出去。」我只好答應他：「好吧，雖然我也很困擾，但既然你這麼擔心，那就算了。」紅襯衫又再次確認：「你真的不會說吧？」這傢伙到底有多娘娘腔啊，簡直沒完沒了。文學士如果都是這種人那也太無趣了。提出這種不合理、沒邏輯的要求還恬然不以為恥。而且居然懷疑我。我好歹是個男人。既然答應了，怎麼可能背地裡說話不算話抱著那種卑鄙打算！

這時我左右兩邊桌子的主人都已到校，於是紅襯衫也匆匆回自己座位去了。紅襯衫從走路方式就很做作。走來走去時，鞋底也是輕輕落地刻意不發出聲音。我這才頭一次知道，原來走路沒聲音也值得驕傲。又不是要練習當小偷，用自然的態度走路不就好了。之後上課鐘聲響起。豪豬始終沒出現。無奈之下，我只好把一錢五厘放在桌上，逕自去教室。

第一堂課下課有點晚，等我回到休息室，其他老師全都坐在桌前講話。豪豬不知幾時也來了。我還以為他今天請假不來，原來只是遲到。他一看到我就抱怨都是我害他今天遲到，還叫我替他出罰金。我拿起桌上的一錢五厘說，這個給你。我把錢放到他面前說這是上次在通町喝冰水的錢，他本來還笑著問我開甚麼玩笑，後來發現我非常認真，他把錢掃回我桌上叫我別開這種不好笑的玩笑。咦，豪豬這傢伙好像堅持要請客啊。

「我不是開玩笑，是說真的。我沒道理讓你請客，所以才拿錢給你。你怎麼能不收下。」

「如果你這麼在意一錢五厘，那我收下也行，不過你為什麼現在才想起來要拿錢給我？」

「不管是現在還是甚麼時候，反正該還就要還。我不想讓人請客所以還給你。」

豪豬冷冷看著我的臉哼了一聲。如果紅襯衫沒有事先懇求我，這時候我就抖出豪豬的卑鄙行為大吵一架了，但我已經答應不說出來所以只能憋著。天底下哪有這種看到別人都氣紅了臉還冷哼的道理！

「冰水錢我收下了，你給我趕緊搬走。」

「你肯收下一錢五厘就好。至於要不要搬走那是我的自由。」

「很抱歉，這可由不得你。昨天你的房東來找我，說要請你搬走，我一問原因，人家可是理由正當。但我認為還是該確認一下事實真假，所以今天一早就過去詢問詳情。」

我不懂豪豬這話是甚麼意思。

「房東跟你說了甚麼我怎麼知道。哪有這種自作主張的道理。既然有理由，那你應該先說出理由。劈頭就說房東講的理由正當未免太無禮了。」

「嗯，既然你這麼說，那我就告訴你。因為你舉止荒唐已經讓屋主一家受不了了。就算是房東的老婆，也不能把人家當女傭。居然伸出腳命令人家替你擦乾淨，你也太囂張了吧。」

「我甚麼時候叫房東太太替我擦腳了？」

「有沒有擦我不知道，總之人家被你搞得很頭疼。人家說區區十圓、十五圓的房租，只要賣一幅書畫立刻就賺回來了。」

「嘴上講得倒是很好聽。既然如此，幹嘛租給我？」

「他為何租給你，我不知道，反正租是租了，但是現在人家不高興了，所以才叫你搬走呀。你快搬出去吧。」

「廢話。就算哀求我繼續住我也不住了。不過你介紹我去那種胡亂冤枉人的地方住，你也很離譜。」

「到底是我離譜還是你不自愛啊？」

豪豬的火氣也不比我小，不甘示弱地扯高嗓門。休息室的人不知發生甚麼事，紛紛朝我和豪豬行注目禮，伸長脖子一臉茫然。我自認並沒有做任何虧心事，所以站起來朝室內掃視一圈。大家都很驚愕，唯有馬屁精幸災樂禍地笑著。我瞪大雙眼，狠狠用「你也想找我吵架嗎」的厲光射穿馬屁精那張乾葫蘆臉時，馬屁精忽然臉色一正，變得很安分。看起來似乎有點怕了。後來鐘聲響起。豪豬和我都停止吵架去教室了。

下午針對昨晚戲弄我的住校生該如何處分召開校務會議。這是我活這麼大頭一次開會，所以我完全沒概念，八成就是一堆教職員聚集起來各說各話，最後校長再隨便做個裁決吧。裁決應該是針對難辨黑白的事情時用的字眼。可是今天這個場合，不管誰來看都只能說學生太不像話，為此特地開會簡直是閒著沒事幹。不管誰怎麼解釋想必都不可能有異議。這麼明白的事實，校長立刻處分就好了。他也太不果斷了。當校長的人還這副德行，說穿了很簡單，根本就是優柔寡斷、和稀泥。

會議室是校長室隔壁的細長形房間，平常充當食堂。有二十張黑色皮椅，圍著長桌看起來有點神田那種西餐廳的架式。校長就坐在長桌前端，紅襯衫坐在校長旁邊。剩下的位子好像隨便大家坐，但據說只有體操老師每次都謙虛地敬陪末座。我搞不清狀況，於是坐在博物學[39]老師和漢學老師之間。一看對面，豪豬和馬屁精並

39 博物學，指動物學、植物學、礦物學、地質學等學科的總稱。

排坐在一起。馬屁精的嘴臉不管怎麼看都很下流。雖然我和豪豬吵架了，但我還是認為豪豬的長相遠比馬屁精有韻味。他的臉孔很像當初替我老爹辦喪事的小日向養源寺房間掛的畫。我曾問過和尚，據說那上面畫的是叫做韋馱天[40]的怪物。今天他很生氣，因此骨碌轉動大眼不時瞥向我。他以為這點小把戲就能嚇倒我嗎！我也不甘示弱，同樣眼如銅鈴朝豪豬瞪去。我的眼睛雖然形狀不怎麼好看，但是論及大小絕對不輸一般人。阿清甚至常說，我的眼睛大所以如果去當演員一定很適合。

校長問人是否都到齊了，書記川村遂開始一一計算人數。還少一人。我也覺得少了一人。難怪會少，是面有菜色的菜瓜君沒來。我和菜瓜君不知是甚麼宿世因緣，自從看到他的臉，從此再也忘不了。每次走進休息室，我總是一眼就看到菜瓜君，就算走在半路上，心頭也會浮現菜瓜老師的模樣。去洗溫泉時，經常看到菜瓜君臉色蒼白泡在池中。跟他打招呼時，他會惶恐地低頭稱是，想想怪可憐的。自從離開學校就沒看過像菜瓜君這麼內向的人。他很少笑，也從不多嘴。我從書上得知君子這個名詞，但我一直以為那只存在字典中，不可能真有這種人，可是遇見菜瓜君後，我甚至不由感嘆君子這個名詞果然真有其人。

正因為此人與我關係如此之深，我一進會議室就立刻察覺菜瓜君不在。老實說，我本來還偷偷打算坐在他旁邊。校長說那他應該馬上就會到，於是解開自己面前的紫色包袱，開始看甚麼印刷品。紅襯衫拿絲質手帕擦他的琥珀菸斗。這是此人的嗜好。大概就像他愛穿紅襯衫一樣吧。其他人也和鄰座竊竊私語。沒事做的人就拿鉛筆尾端的橡皮擦在桌上不停畫來畫去。馬屁精不時對豪豬說話，但豪豬始終沒說話，只是嗯或啊一聲回應，不時朝我瞪眼。我也不甘示弱地回瞪他。

這時大家等候已久的菜瓜君終於一臉抱歉地進來，畢恭畢敬向狸貓打招呼說，因為有點事所以遲到了。狸貓宣布開始本次會議，先叫書記川村君把印刷品發給大家。一看內容，上面首先提到處分之事，接著是學生管理的問題，另外還有二三事項。狸貓照例端起架子，好像教育之神附身似地打官腔：「學校的教職員及學生有

40 韋馱天，佛教的護法神之一，也用來比喻飛毛腿。

過失，都是因為我德行不夠，每次出事時，我內心都不勝慚愧，自覺有愧校長的職責，不幸這次又引起這樣的騷動，我必須深深向諸位道歉。不過事情既已發生也沒辦法，必須好好處分，事情經過各位已經知道，關於善後對策，還請各位不要客氣，儘管說出意見以供參考。」

我聽了不禁暗自佩服，原來如此，當校長和狸貓精的人，果然喜歡唱高調。校長與其這樣說甚麼要負起全責、都是自己的錯、是自己德行不修云云，乾脆別處分學生，自己引咎辭職算了。如此一來自然也沒必要開這種麻煩的會議了。首先，就常識而言也知道，我老老實實值班，學生胡鬧，錯的不是校長也不是我，只有學生。如果是豪豬煽動的，只要教訓學生和豪豬就夠了。天底下有誰會主動替人揹黑鍋，還到處一再宣揚是自己闖的禍。只有狸貓做得出這種勾當。他說出這種不合理的發言，還得意洋洋地環視在座眾人。可是誰也沒開口。博物學老師望著停在第一教學樓屋頂上的烏鴉。漢學老師把印刷文件一下子折起一下子攤開。豪豬還在瞪我。開會如果都是這麼可笑，還不如溜之大吉找個地方睡午覺。

我實在耐不住性子，於是決定好好發表一下意見，才剛抬起屁股，紅襯衫就開口了，我只好作罷。只見他收起菸斗，拿絲質條紋手帕擦臉，一邊開始說話。那條手帕肯定是從瑪丹娜那裡討來的。男人都是用白色亞麻手帕。「我得知住校生的胡鬧後，也深感自己身為教務主任難辭其咎，很慚愧平日的教化未能影響少年。像這種問題，是因為自身本就有缺失才會引發，如果單看事件本身好像都是學生的錯，但是釐清真相後，或許責任反而在校方。所以只憑表面上看到的情況給予嚴厲制裁，恐怕反而對將來不好。而且少年人本就血氣方剛活力充沛，也許他們還不懂得分辨善惡，只是半無意識地做出這種惡作劇。如何處分本來就是由校長決定，我無權置喙，但還請校長多多斟酌，盡量寬大為懷。」

原來如此，狸貓固然老奸巨猾，紅襯衫也好不到哪去。他在公開宣言學生胡鬧不是學生的錯，是教師的錯。這就好像說瘋子打別人的頭，是被打的人有錯，瘋子才會去打他。真是傻得可喜可賀。活力那麼充沛幹嘛不去運動場玩相撲。被人半無意識地在被窩放蚱蜢誰受得了！這樣看來，就算被人半夜潛入砍掉腦袋瓜子，他大概也打算以對方半無意識為由慷慨赦免吧。

我暗忖是不是也該說說我的想法，但既然要開口就得滔滔不絕語驚四座才有意思，偏偏我這人有個毛病，生氣時如果開口，講個兩、三句就一定會卡住。狸貓和紅襯衫的人品都比我低劣，唯獨口才相當好，如果我隨便開口被他們逮到小辮子就沒意思了。還是先擬個腹案吧，我在心中做起文章。這時坐在我面前的馬屁精突然站起來把我嚇一跳。這傢伙就是個應聲蟲還敢發表意見真是太囂張了。馬屁精照例又用那種嘻皮笑臉的調子說，「關於這次的蚱蜢事件及半夜叫囂事件，我們身為有良心的教職員，私下對本校將來的前途深感憂懼，我們這些教職員也應反躬自省，整肅全校風紀才是。所以剛才校長及教務主任的高見，我認為非常中肯剴切，我個人徹頭徹尾贊成。還請盡量做出寬大處分。」馬屁精的發言內容空洞毫無意義，只不過是在堆砌詞藻實則不知所云。我唯一聽懂的只有他說徹頭徹尾贊成的這句話。

雖然我聽不懂馬屁精說甚麼，但我非常氣憤，還沒有擬妥腹案就忍不住跳起來。「我徹頭徹尾反對……」接著我就忽然卡住了。「那種不合理的處分，我最討厭了。」我補上這句後，引來哄堂大笑。「本來就是學生的錯，如果不讓他們道歉，他們會養成壞毛病。就算讓他們退學也在所不惜……真是太沒禮貌了，瞧不起新來的老師……」我說著坐下來。結果坐我右邊的博物學老師懦弱地說，「學生的確做錯事，但如果懲罰得太嚴厲反而引起學生反彈就不好了。我贊成教務主任的意見，還是寬大為懷比較好。」坐我左邊的漢學老師也贊同穩便行事。歷史老師也支持教務主任的意見。可惡，大部分的人都和紅襯衫一個鼻孔出氣。學校如果都是這種人那還怎麼混。我已經決定不是讓學生道歉就是我辭職，如果紅襯衫贏了，那我已有立刻回家打包行李的覺悟。反正我沒本事憑著口才折服這些傢伙，就算可以，我也不想和他們打交道。只要我不待在學校，變成怎樣都不關我的事。如果我開口一定又會被笑。索性端起架子，鬼才要理你們呢！

這時之前一直沉默傾聽的豪豬忽然站起來。我心想，這傢伙八成也是要贊成紅襯衫的意見吧，反正我們已經鬧翻了，隨便你吧！沒想到豪豬用幾乎震動玻璃窗的宏亮嗓音說，「我完全不同意教務主任及其他人的意見。因為這個事件不管從哪點看來，分明都是五十名住校生瞧不起新來的教師某氏想要戲弄他。教務主任好像把原因歸咎於教師本人的個性問題，但恕我直言，我認為主任恐怕失言了。某氏一到任就被分派值夜班，和學生接觸尚不滿二十天。在這短短二十天內，學生根本沒機會評價他的學問與人格。如果他有應該被輕蔑的正當理由才受到戲弄，或許還有理由對學生的行為酌情開恩，可是如果寬恕這種毫無原因就愚弄新老師的輕佻學生，我認為會有損學校的威信。教育精神不只是授業解惑，在鼓吹高尚、誠實、武士精神的同時，也要掃蕩粗野、浮躁、傲慢的惡習。如果因為害怕學生反彈、事情鬧大就息事寧人，這種歪風恐怕永遠無法矯正。我們就是為了杜絕這種弊端才在這所學校任教，所以如果對此視而不見，還不如一開始就不要當老師。基於以上理由，我認為應該嚴厲懲處全體住校生，而且還要讓他們公開給該教師道歉才是恰當的處置。」豪豬說完重重坐下。全場鴉雀無聲。紅襯衫又開始擦拭菸斗。我忽然很開心。因為豪豬完全替我說出了我的心聲。我這人就是這麼單純，所以頓時忘了之前的爭吵，滿臉感激地看著坐下的豪豬，可是他卻一直板著臉不理我。

過了一會豪豬再次起立。「我剛才還有幾句話忘了說，所以現在補上。當晚的值班人員似乎在值班期間擅自外出洗溫泉，我認為此舉不可原諒。自己好歹肩負著看守整個學校的職責，卻趁著無人監督，哪不好去偏偏跑去泡溫泉，這種行為非常不可取。學生固然有錯，但就這點而言，我希望校長也能慎重提醒負責值班的人員。」

這傢伙真怪，才剛覺得他在誇我，緊接著就抖出人家的過失。我無意中得知之前值班人員出去過，誤以為那是本校慣例，才會出去洗溫泉，現在被他這麼一說，的確是我的錯。就算被攻擊也無話可說。於是我又站起來說「我的確在值班期間去洗溫泉了。這是我的錯。我道歉」然後坐下，結果全場再次大笑。只要我說了甚麼就會被笑。這些人真無聊。你們敢像我這樣公開認錯嗎？你們是因為自己做不到才笑吧？

後來校長說，看來大家已經沒別的意見了，那就審慎考慮之後做處分吧。在此我順便說一下校長考慮之後的結果，全體住校生懲處禁足一週，並且必須當面向我道歉。因為我當時堅持學生如果不來道歉我就要辭職走人，所以就照我說的做了，沒想到後來因此釀成大禍。那件事之後再說，總之校長這時說要繼續開會，接著說道：「學生的風氣，必須靠教師去感化糾正。其一，我希望教師盡量不要出入餐飲店。當然送別會之類的場合另當別論，但是最好不要單獨去不太高尚的場所，比方說蕎麥麵店、糯米糰子店——」說到一半大家又笑了。馬屁精對著豪豬擠眉弄眼說「天婦羅」，但豪豬沒理他。活該。

我腦子笨，所以不太懂狸貓說的話，但是去蕎麥麵店或糯米糰子店就不能當中學教師的話，對我這種吃貨而言實在太為難了。既然如此，一開始招聘新人的時候就該註明必須討厭蕎麥麵和糰子。都已經發出聘書了，才下令說不准吃蕎麥麵、不准吃糰子，對我這種生活中沒有其他樂趣的人是一大打擊。這時紅襯衫又開口了。

「本來中學教師就是社會的上流人物，不該一味追求物質上的享樂。如果耽於享樂，會對品行造成不良影響。不過我們畢竟是凡人，如果沒有娛樂，終究無法在鄉下這種小地方安居。所以應該去釣魚或閱讀文學作品，或者創作新詩與俳句，追求高尚的精神娛樂……」

我默默聽著他自以為是的吹噓。如果去海邊釣肥料，把縞雞魚當成俄國文學家，讓相好的藝妓站在松樹下，青蛙撲通跳進古池[41]就是精神娛樂，那麼吃天婦羅麵吞糰子也是精神娛樂。與其傳授那麼無聊的娛樂，你還不如回去洗你的紅襯衫！我實在太生氣了，忍不住故意問：「去找瑪丹娜也是精神娛樂嗎？」這次誰也沒笑。他們只是臉色怪異地面面相覷。紅襯衫自己倒是尷尬地低下頭。看吧。被我說中要害了吧。唯一可憐的是菜瓜君，我這麼說了之後，他蒼白的臉孔益發蒼白了。

七

我當晚就退租了。回到住處收拾行李時，房東太太說，「是不是有哪裡招待不周？如果有讓您生氣的地方請儘管說，我們一定改。」我很驚訝。世上為何有這麼

41 出自芭蕉的俳句「青蛙跳古池，撲通一聲響」，以滑稽方式表現紅襯衫所謂的精神娛樂之一。

多莫名其妙的人。到底是要我搬走還是留下都搞不清楚。簡直是瘋子。跟這種人吵架只會有損江戶人的名聲，找來車夫我就立刻搬出來了。

出來倒是出來了，問題是我完全不知道現在該去哪。車夫問我要去何處，我叫他別多問，跟著走就對了，待會自然知道。就這樣邁開大步向前走。我懶得麻煩所以也考慮過去山城屋旅館，但到時還得再搬出來更麻煩。這樣走著走著應該會發現甚麼出租房間的招牌吧。屆時，就當作是天意替我安排的住處。於是我在看似安靜適合居住的地區走來走去，最後來到鐵匠町。這裡住的都是士族[42]，不會有出租房，所以我本來打算折返較熱鬧的地區，但我忽然想到一個好主意。我敬愛的菜瓜君就住在此區。菜瓜君是本地人，而且住的是祖先代代相傳的房子，肯定了解這一帶的狀況。如果去問他，或許能從他那裡打聽到不錯的出租房。幸好我來打過一次招呼知道地方，不用到處尋找。我很快就找到他家，喊了二聲「有人在嗎」，從裡面出來一個年約五十的老人拿著古典的紙燭[43]。我雖不討厭年輕女子，但是看到老人總覺得特別親切。大概是因為喜歡阿清，所以對其他老太太也愛屋及烏吧。我猜這位八成是菜瓜君的母親，梳著寡婦的髮型，看起來很有氣質，長得很像菜瓜君。她請我進去坐，我說找菜瓜君說兩句話就好，把人叫來玄關後，我說事情是這樣這樣的，不知他是否知道甚麼好地方。菜瓜老師說「那你一定很傷腦筋吧」，思忖片刻後，他說這個後巷住了一對萩野老夫婦，曾經表示房間總是空著也浪費，如果有正派人可以租給對方，拜託菜瓜君從中介紹。雖不知現在是否還要出租，總之不如一起去問問看吧。菜瓜君說完就親切地帶我去。

我從當晚就成了萩野家的房客。意外的是，我前腳才剛從伊香銀家搬出去，馬屁精隔天就若無其事地搬進去，占領了我住過的房間。連我都不禁目瞪口呆。或許世間到處是騙子，都在玩爾虞我詐的把戲。想想真討厭。

既然世間如此，那我也不能認輸，好歹得和世人一樣，否則太窩囊。但如果不狡猾地同流合汙就會三餐不繼，是否要這樣苟活下去也值得深思。不過我身體健康

---

42 明治維新之後，原本屬於武士階級的人被稱為士族。
43 紙燭，將紙或布搓成長條浸油點燃，用來照明。

活蹦亂跳的，如果上吊自殺不僅對不起祖先，傳出去也不好聽。如今想來，當初與其去念物理學校學習數學這種無用的學問，還不如拿六百圓當本錢開店賣牛奶。那樣的話阿清也不必離開我身邊，我也不用這樣相隔迢遙地擔心老太太了。在一起時還不覺得，現在來到鄉下才明白阿清果然是好人。就算走遍全國也找不到幾個如此善良的女人。老太太在我出發時還有點感冒，不知現在好了沒有。收到我之前寄的信想必很高興吧。不過話說回來，她的回信也該到了——我就這樣想著過了兩、三天。

因為不放心，我不時會問房東老太太有沒有人從東京寄信來給我。每次我問時，她總是一臉同情地說沒有。這對夫婦和伊香銀大不相同，不愧是舊日士族，夫妻倆都很高雅。老爺子到了晚上就怪腔怪調唱歌雖然讓我有點受不了，但他至少不會像伊香銀那樣隨便跑來要求喝茶，所以我輕鬆多了。老太太也不時來房間和我閒聊。她問我為什麼不把妻子一起帶來。我看起來像有妻子的人嗎？可憐我今年才二十四呢，可我這麼說了之後，老太太還是先聲明「你二十四歲有妻子是理所當然哪，拜託」，然後說誰家的某某二十歲就娶媳婦了，誰家的某某二十二歲已有二個小孩了，連續舉了半打的例子來反駁，真是令人甘拜下風。我也學鄉下方言說那俺二十四歲該娶媳婦了，您老要幫俺作媒哪？老太太當下坦率不客氣地問我是否說真的。

「當然是真的，我急著娶媳婦急得不得了呢。」

「我想也是哪，拜託。年輕時人人都是這樣的哪。」她這番話讓我不勝惶恐當下無言以對。

「不過老師肯定已經有媳婦了。我早就已經看出來了哪，拜託。」

「噢？那您可真是有慧眼。您是怎麼看出來的呢？」

「這還用說嗎。還不是因為您成天追問有沒有東京來的信，每天等信等得焦急哪，拜託。」

「這倒是意外。您可真有慧眼。」

「被我說中了吧。」

「是啊，或許被您說中了。」

「不過這年頭的女孩子不比從前，老師可不能掉以輕心喔，最好還是小心點哪。」

「怎麼說？難道我老婆會在東京紅杏出牆嗎？」

「不，老師的妻子當然是規矩人……」

「您這話讓我終於安心了。那麼我該小心甚麼呢？」

「您家的不消說……您的妻子當然是規矩人啦，問題是——」

「有誰不規矩嗎？」

「這附近就有很多人不守婦道。老師，您知道那個遠山家的小姐嗎？」

「不，我不知道。」

「您還沒聽說啊。她可是我們這一帶最漂亮的女孩子。因為太漂亮，所以學校老師都喊她瑪丹娜呢。您還沒聽說過嗎？」

「嗯，瑪丹娜嗎？我還以為是藝妓的花名。」

「這您就不懂了。瑪丹娜是外國人的說法，意思大概就是美人吧。」
「或許吧。這倒是很意外。」
「大概是美術老師取的綽號。」
「馬屁精取的？」
「不，是那位吉川老師取的。」
「那個瑪丹娜不規矩嗎？」
「那個瑪丹娜小姐是不規矩的瑪丹娜哪。」
「真麻煩。有綽號的女人自古以來就沒一個好東西。或許真是如此吧。」
「真的是這樣呢。還有鬼神阿松[44]、妲妃阿百[45]這些可怕的女人呢。」
「瑪丹娜也跟她們是同類嗎？」
「那位瑪丹娜小姐啊，我告訴您，她本來說好了要嫁給介紹您來這裡租房子的

44 鬼神阿松，說書、小說及歌舞伎中常見的女盜賊。
45 妲妃阿百，在文學、歌舞伎中為水性楊花、甚至引發家族內戰的蛇蠍毒婦。

那位古賀老師哪——」

「噢？真是不可思議。沒想到菜瓜君豔福不淺。果然人不可貌相。今後得小心點。」

「沒想到，去年他父親過世了。原本他家裡很有錢，也有銀行的股份，一切都很順遂，他父親過世之後，不知怎麼搞得忽然生活就過不下去了——說穿了就是古賀老師人太好，被人騙了。結果這下子婚事也延期了，那位教務主任就橫插一腳，非要瑪丹娜小姐嫁給他。」

「那個紅襯衫嗎？太過分了。我早就覺得那傢伙不是省油的燈。後來呢？」

「他托人去提親後，遠山家礙於和古賀家有約在先，所以無法立刻答覆——只說會好好考慮。後來紅襯衫先生就透過關係開始出入遠山家，最後您知道嗎，還真讓他把小姐追到手了。紅襯衫先生固然可議，那位小姐也好不到哪去，大家都講得很難聽呢。之前明明已承諾嫁給古賀先生，如今出現一位學士先生，就立刻琵琶別抱，這樣怎麼對得起老天爺哪，您說說。」

「的確交代不過去。別說是老天爺了，就是對老地爺、老佛爺也說不過去。」

「古賀先生的朋友堀田先生很同情他的遭遇，就去找教務主任理論，紅襯衫先生說他無意搶人家的未婚妻。如果將來婚約解除了或許會娶她，但目前只不過是和遠山家有來往罷了，和遠山家來往應該不至於對不起古賀先生吧？堀田先生聽了也沒法子，只好無功而返。紅襯衫先生和堀田先生從此就成了死對頭，鬧得人盡皆知喔。」

「您知道得可真多。為什麼會這麼清楚內情呢？太令人佩服了。」

「這是小地方，甚麼都會聽說。」

知道得太多甚至會令人困擾。如此看來她說不定也知道我去吃天婦羅和糯米糰子的事。此地還真麻煩。不過也因此讓我知道了瑪丹娜是甚麼意思，也搞懂了豪豬和紅襯衫的關係，長了不少見識。唯一困擾的就是分不清到底誰才是壞人。像我這麼單純的人，如果不分個是非黑白出來，我會不知該站在哪一邊。

「紅襯衫與豪豬到底誰是好人？」

「您說的豪豬是誰？」

「豪豬就是堀田。」

「說強壯的話當然是堀田先生看起來較強壯，但紅襯衫先生可是學士哪，工作更能幹哪，您說是吧。還有論及溫柔也是紅襯衫先生更溫柔，不過堀田先生似乎在學生之間的評價更高。」

「所以總而言之到底是誰比較好？」

「總而言之應該是月薪高的人更了不起吧。」

看來問她也沒用，於是我就此打住。之後過了兩、三天，我放學回來只見老太太笑咪咪地說，「讓您久等了，終於來了。」說著給我一封信叫我慢慢看，她就離開了。我拿起來一看，果然是阿清寄來的信。信封上貼了兩、三張紙條，仔細一看，原來這封信從山城屋旅館轉到伊香銀那邊，再從伊香銀那裡轉到萩野家這裡。而且信在山城屋就放了一星期。開旅館的人連信件都想挽留下來過夜嗎？打開一看，信很長。

「自從收到少爺的信，我就想立刻回信，不巧罹患感冒臥床一星期，所以遲至現在才回信還請見諒。而且我不像這年頭的小姐們那樣精通讀寫，所以這麼醜的字，也費了好大功夫才寫出來。本想叫我侄子代筆，可是既然要寄信給少爺，如果不自己寫，我覺得對不起少爺，所以特地先打草稿，然後再謄寫。謄寫只用了二天，可是寫草稿費了四天時間。或許不易看懂，但好歹是我拼命寫出來的，還請您耐心把信看完。」

開頭這段文章我勉強還能辨認。的確不易看懂。不只是字醜，而且大都是用平假名，不知在哪斷句，從哪開始，光是加上標點符號就費盡力氣。我個性急躁，所以這麼冗長又難懂的信就算給我五圓請我看都免談，唯獨這時我非常認真，從頭到尾全看完了。看是看完了，問題是看得很吃力，有看沒有懂，只好又從頭再看一遍。室內有點暗了，比之前看起來更吃力，所以我只好走到簷廊上坐下來仔細拜讀。初秋的涼風晃動芭蕉葉，拂過我裸露的肌膚，將我沒看完的信紙朝院子揚起，最後吹得超過一公尺長的信箋沙沙作響，如果一鬆手，恐怕就會飛到對面籬笆。但我已無暇顧及那個。

「少爺是一根腸子通到底的直性子，我唯一擔心的就是您太火爆——隨便給別人取綽號會招人記恨，所以千萬不要隨便取，如果取了，也寫在信上偷偷告訴我一個人就好。——鄉下好像沒甚麼好人，所以您千萬要小心別受欺負。——鄉下的氣候肯定也比東京差，所以睡覺千萬小心可別著涼感冒。您的信太短，我無法確定您在那兒的狀況，所以下次請您來信至少要有我這封信的一半長。——給旅館五圓小費沒關係，但之後您恐怕會缺錢吧？去鄉下地方唯一能依賴的只有錢，還是得盡量省著用，以備不時之需。——如果沒零用錢或許會很困擾，所以給您匯去十圓。——之前少爺給的五十圓，我想少爺將來回到東京自己買房子時多少可以補貼，所以已經存進郵局了，不過就算扣掉這十圓還有四十圓所以沒問題。」——女人果然就是精打細算。

我在簷廊任由阿清的來信在風中翻飛，一邊陷入沉思，這時紙門被拉開，萩野老太太送晚餐來了。「您還在看信哪，那一定是封長信。」她說。「對，是很重要的信，所以我邊吹風邊看。」我做出自己也莫名其妙的回答後開始用餐。今晚又是煮地瓜。這戶人家比伊香銀客氣、親切，而且高雅，唯一可惜的就是東西太難吃。昨天吃地瓜，前天也是地瓜，今晚又是地瓜。雖然我的確說過愛吃地瓜，但這樣天天被迫吃地瓜簡直要老命。別說是笑話菜瓜君了，我自己恐怕也會在不久的將來變成面有菜色的地瓜老師。如果是阿清，這時候一定會弄我愛吃的鮪魚生魚片或紅燒魚板，可是碰上吝嗇的窮士族就沒法子了。不管怎麼想都得和阿清一起生活。如果這間學校看起來可以久居，就把阿清從東京喊來吧。不能吃天婦羅蕎麥麵也不能吃糯米糰子，回到寄宿處天天吃地瓜吃得面黃肌瘦，身為教育者真是太可憐了。想必就連禪宗和尚都比我有口福。——我吃光一盤地瓜，從桌子抽屜取出二枚生雞蛋，在碗邊敲破直接吞下果腹。如果不吃點生雞蛋補充營養，怎麼撐得住一週二十一小時的課程。

今天因為阿清的來信延誤了去洗溫泉的時間。但我已習慣天天去，如果一天不去就覺得不自在。不如搭火車去吧，我拎著那條紅毛巾來到火車站一看，車子兩、三分鐘前剛走，必須稍等一會。我在長椅坐下抽敷島香菸，湊巧菜瓜君也來了。自從聽了房東老太太之前那番敘述後，我更加同情菜瓜君。他平時就好像寄居於天地之間，整個人縮得小小的看起來就可憐，但今晚已經不只是可憐了。如果我有能力的話真想給他雙倍月薪，讓他明天就和遠山小姐結婚，再送他們去東京玩一個月，就在我這麼想時他便出現了，於是我殷勤十足地起身讓座說：「啊，你要去泡澡嗎，來，這邊坐。」菜瓜君一臉惶恐說，「不，您別客氣。」像個小媳婦似的還是站著。我又勸他說，「還得等一會才有車，這樣會累，還是先坐下吧。」其實我是滿心同情真的很想讓他在我旁邊坐下。他這才說「那我就打擾一下」終於肯聽我的。世間有像馬屁精那樣狂妄自大、不必出頭也要強出頭的傢伙。也有像豪豬那樣一臉「日本如果少了我就完蛋了」的傢伙。可是也有像紅襯衫那樣以男性髮蠟和帥哥代言人自居的人。還有彷彿在強調自己就是教育化身的狸貓。每個人各有各的威風，可我從未見過像這位菜瓜老師這樣毫無存在感的人，他沉默內向得就像個失去人身自由的木偶。雖然他的臉有點浮腫，但是拋棄這麼好的男人選擇紅襯衫，看來瑪丹娜也是個不知在想甚麼的瘋癲丫頭。就算幾打紅襯衫加在一起也比不上菜瓜這樣的好丈夫。

「你是不是哪裡不舒服？看起來好像很疲憊……」

「不，我沒甚麼毛病……」

「那就好。身體不好的話整個人都會垮掉喔。」

「您看起來倒是很健康。」

「對，雖然瘦，但是從不生病。因為我最討厭生病了。」

菜瓜君聽了之後浮現無聲的淺笑。

這時入口傳來女人充滿青春活力的笑聲，我不經意轉頭一看，來了個不得了的人物。只見膚色白皙，梳著西式髮型，身材修長的美人，和四十五、六歲的太太並肩站在售票窗口前。我這人不大會形容美女所以講不出所以然，總之就是一個大美女。給人的感覺就像是把香水溫熱的水晶珠子握在手心。年長的女人身材矮小，但是二人長得很像所以應該是母女。我心想：「啊，美女來了！」頓時已全然忘記菜瓜君，只顧著看年輕女子。這時，菜瓜君突然從我身旁站起來，緩緩走向女人，讓我有點吃驚。我心想，那該不會就是瑪丹娜吧。三人在售票口前略做寒暄。我站得遠所以不知他們在說甚麼。

朝火車站的時鐘一看，再過五分鐘就要發車了。火車怎麼還不快點來，少了說話的對象讓我感到時間分外難熬，這時又有一人匆忙跑進來。一看之下竟是紅襯衫。他穿著輕飄飄的和服，鬆垮垮地綁著皺綢腰帶，照例又掛著那條金鏈子。那條金鏈子是假的。紅襯衫以為沒人發現，所以戴著四處招搖，可我一看就知道。紅襯衫一跑進站就四下東張西望，之後他殷勤對站在售票口前交談的三人行禮，只見他說了三言兩語後，突然轉向我這邊，又踮腳踩著那種貓步走過來說，「哎呀你也要去泡溫泉嗎？我還擔心趕不上火車所以急忙跑來，結果還有三、四分鐘。那個時鐘準不準啊。」說著取出自己的鍍金懷錶，一邊說差了二分鐘，一邊在我旁邊坐下。他一眼也沒往女人那邊瞧，拄著手杖托腮，望著正前方。年長的婦人不時瞄紅襯衫一眼，但年輕女子始終把臉撇向一旁。我越發肯定她是瑪丹娜。

終於，汽笛聲響起，火車抵達。等車的人爭先恐後地上車。紅襯衫第一個跳上上等車廂。就算搭乘的是上等車廂也沒啥好炫耀的。從這裡坐到住田的票錢是上等五錢下等三錢，區區二文錢就區分了上下之分。看我都寧可多花點錢買上等的白色車票就知道了。不過鄉下人吝嗇，僅僅二錢之差似乎也讓他們很掙扎，通常都是買下等車廂。繼紅襯衫之後，瑪丹娜和她母親也進了上等車廂。菜瓜君是那種最典型的只買下等車廂的男人。他站在下等車廂的門口本來似乎還有點躊躇，但是一看到我就立刻跳上車廂。這時我實在太同情他了，於是也緊跟在菜瓜君後面上了同一節車廂。用上等車票搭下等車廂應該不犯法吧。

抵達溫泉區，我換上浴衣從三樓下樓去浴池時，又遇到菜瓜君。我在開會之類的正式場合總是喉嚨卡住口齒笨拙，但是平常還挺健談的，於是在浴池中主動對菜瓜君拋出各種話題。總覺得他太可憐了。我認為這種時候稍微在口頭上安慰他，是咱們江戶人的義務。可惜菜瓜君就是不肯配合我。不管我說甚麼，他只是簡短回答是或不是，而且好像連回答是與不是都很不情願，最後我終於投降，自己閉上嘴。

在浴池中沒看到紅襯衫。不過這裡有很多澡堂，所以即使搭乘同一班火車抵達，也不見得會在同一個浴池遇上。我一點也不覺奇怪。泡完溫泉出來一看，月色正好。區內兩側遍植垂柳，柳枝一團團的樹影落在路中央。不如散散步吧。我朝北走來到鬧區邊緣後，只見左邊有扇大門，門的盡頭是寺院，左右是妓院。山門之內竟有妓院，這可是前所未聞的怪象。我很想進去看看，又怕下次開會再被狸貓批評，所以最後還是過門而不入。門口掛著黑色布簾，有小格子窗的平房就是我上次吃糯米糰子惹禍的地方。懸掛的圓燈籠上寫著紅豆湯、年糕湯，燈火照亮靠近屋簷的一棵柳樹樹幹。雖然很想吃，但我還是忍著走過去了。

想吃糯米糰子卻不能吃實在窩囊。不過自己的未婚妻移情別戀想必更窩囊。想到菜瓜君的遭遇，別說是糯米糰子了，就算斷食三天也沒啥好抱怨的。人類真是天底下最靠不住的生物。如果光看她那張臉，我死都無法相信她會做出這麼沒人性的事——美人沒人性，長得像泡水冬瓜的古賀先生卻是善良君子，所以說真是人不可貌相。我以為豪豬個性爽朗，卻有人說他煽動學生。若說是他煽動學生，可他又逼校長處分學生。渾身都討人厭的紅襯衫意外親切，當我以為他私底下很關心我，卻又聽說他騙走了瑪丹娜。當我覺得他騙走了瑪丹娜，他卻說如果古賀沒有主動解除婚約他不會和瑪丹娜結婚。我以為是伊香銀故意找碴把我趕出去，結果馬屁精立刻就搬了進去——想來想去好像人人都不可信任。如果把這些事情寫信告訴阿清，她一定會很驚訝吧。搞不好還會說此處位於箱根之外所以甚麼妖魔鬼怪都有。

我的個性本就大而化之，任何事都不以為苦所以才能熬到今天，可是來到此地還不滿一個月，我忽然想起這個社會有多麼危險。雖然我並沒有發生甚麼大事，卻覺得自己一下子老了五、六歲。看來還是早點捲包袱回東京最好。後來我就這麼想呀想的，不知不覺已過了石橋來到野芹川的河堤。說是河川好像很壯觀，其實河面頂多只有二公尺寬，是潺潺細流，沿著河堤往下走一公里多就是相生村。村中供奉觀音菩薩。

我轉身看溫泉區，只見紅色燈火在月光下閃閃爍爍。傳出鼓聲之處八成是妓院。河水雖淺卻水流湍急，好像很神經質地發出異樣光芒。我信步在河堤上閒逛，大約走了三百公尺時，前方忽然出現人影。月光下只見二個影子。也許是來洗溫泉正要回村子的年輕人。不過他們也沒唱歌。安靜得詭異。

我繼續向前走，但我似乎走得比較快，二個影子逐漸變大。其中一個好像是女人。聽到我的腳步聲後，大約逼近到二十公尺的距離時，男人忽然回過頭。月光從後方照下。這時我看清男人的樣子，不由暗自稱奇。那對男女又繼續邁步向前走。我心裡有了主意，於是猛然全速追上去。對方完全沒察覺，還像起先一樣緩緩移步。如今連他們的說話聲我都可以聽得一清二楚了。河堤寬度不到二公尺，勉強可供三人並肩同行。我輕易從後面追上，擦過男人的衣袖，搶到頭前二步後一個轉身湊近男人的臉孔。月光毫不客氣地從正面照亮我的五分頭至下顎。男人小聲驚呼，隨即把頭一撇，催促女人該回去了，然後匆匆折返溫泉區。

紅襯衫這是打算厚著臉皮粉飾太平？還是一時心虛不敢與我相認？看來對鄉下地方小感到困擾的，不只我一人。

八

自從紅襯衫邀我去釣魚後，我就開始懷疑豪豬。當他捏造莫須有的罪名叫我搬走時，我覺得這傢伙太不像話了。可是他在開會時出乎意料地慷慨陳詞主張嚴懲學生後，我又納悶地感到不對勁。從萩野老太太口中得知，豪豬為了菜瓜君去找過紅襯衫談判時，我不禁拍手叫好大為佩服。如此看來壞人應該不是豪豬，紅襯衫才是壞蛋，把這種不負責任的猜測講得煞有介事，而且還繞著圈子給我洗腦？正當我這麼猶豫不決之際，就在野芹川的河堤撞見他帶著瑪丹娜散步，從此我認定紅襯衫才是不可信用的小人。雖然是不是小人我也不太確定，總之他絕非善類。他是個表裡不一的男人。人如果不像竹子那樣耿直就不可靠。耿直的人就算吵架，心地也是好的。像紅襯衫那樣看似體貼、親切、高尚，又喜歡拿琥珀菸斗驕傲地四處炫耀的人，絕對不能掉以輕心，也不能隨便跟他吵架。就算吵架，想必也不會像回向院的相撲賽那樣痛快打一場。如此看來，為了一錢五厘就和我起爭執驚動休息室全體同事的豪豬遠遠更有人情味。開會那天他用那雙銅鈴大眼瞪我時，我覺得他很可惡，但是事後想想，那樣總比紅襯衫黏糊糊故作溫柔的聲音好。其實那天開完會，我就很想跟他和好，特地找他講了一、兩句話，但那傢伙悶不吭聲，還是照樣朝我瞪眼，弄得我也很火大，於是就此不了了之。

從那天起豪豬就跟我冷戰。我放到他桌上的一錢五厘到現在還在桌上。已經積了灰塵。我當然不可能去拿，豪豬也死都不肯拿走。這一錢五厘成了我倆之間的高牆，我想對他說話也不能說，豪豬也頑強地保持沉默。我和豪豬之間有一錢五厘作祟。搞到最後我每天到學校看到一錢五厘就頭疼。

相較於豪豬與我絕交的狀態，紅襯衫倒是依然和我保持原來的關係繼續來往。在野芹川巧遇的隔天，他一到學校就來我旁邊，問我這次租的房子好不好，改天要不要再去釣俄國文學云云，找了很多話題。我有點看他不順眼，於是說昨晚我們遇到兩次呢，他說，「對，在火車站——你總是那個時間出門嗎？不會太晚嗎？」我故意嚇唬他：「在野芹川的河堤上也遇到了呢。」他回答：「不，我沒去那裡，我洗完溫泉就立刻回去了。」他也犯不著這樣刻意隱瞞吧，我都親眼看到了。這傢伙真會撒謊。這種人都能當中學教務主任，那我應該當大學校長了。從這時起我越發不信任紅襯衫了。我和自己不信任的紅襯衫講話，卻和我敬佩的豪豬冷戰。這世間還真奇妙。

某日紅襯衫說有事找商談，叫我去他家一趟。我雖然覺得可惜，還是只好取消溫泉之行，於下午四點左右出門去找他。紅襯衫雖然單身，但因為是教務主任，早就搬離廉價出租房，住進這個有氣派玄關的房子。房租據說是九圓五十錢。玄關氣派得讓我暗忖，來到鄉下花九圓五十錢就能住這種房子的話，那我也該大手筆砸錢把阿清從東京叫來讓她開心一下。我說聲打擾了，紅襯衫的弟弟出來接待。他這個弟弟的代數和算術都是我教的，成績非常糟糕。偏偏還是外地人，品行比土生土長的鄉下人更差勁。

見到紅襯衫後，我問他找我來有甚麼事，他又拿著那支琥珀菸斗抽難聞的香菸，一邊說道：「自從你來了之後，學生的成績比前任老師執教時進步，校長也很高興找到好老師——所以學校也很信賴你，還請你今後好好努力。」

「噢，這樣啊，就算要努力也無法比現在更努力——」

「現在這樣就夠了。之前我們談的事情，只要你別忘記就行。」

「你是指幫我介紹住處的人很危險這件事嗎？」

「說得這麼露骨就沒意思了——算了——反正你懂我的意思就好。所以只要你像現在這樣努力教學，校方也都看在眼裡，等到機會比較適合時，我想應該會多少給你調整一下待遇。」

「噢，是說薪水嗎？薪水如何不重要，但如果能調升當然是調升一下更好。」

「幸運的是這次有一個老師要調走——不過沒和校長商量之前當然也不能保證——或許可以從那個老師的薪水撥一些給你，所以我打算找機會和校長商量看看。」

「謝謝主任。是誰要調走？」

「反正已經要公布了，所以告訴你應該也沒關係。是古賀君。」

「古賀先生不是本地人嗎？」

「他是本地人沒錯，但因為某些因素——一半是他本人要求的。」

「他要調去哪裡？」

「日向的延岡——因為是偏鄉僻壤，所以他的薪俸會調升一級。」

「有誰會來接替他的工作嗎？」

「繼任者也大致決定了。因為這次人事調動，才有機會給你的待遇做調整。」

「噢，那好。不過不用勉強調薪也沒關係。」

「總之我打算和校長商量看看。校長似乎也有同樣的想法，不過今後你或許得更加努力工作才行，所以我希望你能抱著那個心理準備好好加油。」

「工作時間會比現在長嗎？」

「不會，說不定反而會減少——」

「時間減少，又要更加努力工作？好像有點矛盾。」

「乍聽之下或許矛盾——詳情我現在不便告知——總而言之，我的意思是，你或許將會肩負更重大的責任。」

我聽得一頭霧水。說到比現在更重大的責任，那就是數學科主任了，但主任是豪豬，那傢伙看起來可沒有要辭職的跡象。況且他很受學生愛戴，所以把他調走或革職對學校絕對沒好處。紅襯衫說話總是讓人摸不著頭緒。就算摸不著頭緒，總之這下子正事談完了。之後我們閒聊了一會，他提到要給菜瓜君餞行，順便問我喝不喝酒，還說菜瓜老師是值得敬愛的君子——總之囉嗦了一大堆。最後他話題一轉問我寫不寫俳句。我心想這下子麻煩了，連忙說「我不會，告辭了」，就這樣匆匆回來。甚麼俳句是芭蕉或理髮店師傅才去寫的東西。一個數學老師搞甚麼牽牛花藤纏水桶[46]還得了。

回到住處我陷入沉思。世間還真有這種摸不透想法的男人。祖傳的房子自然不消說，在學校教書也好好的，卻只因厭倦了故鄉就去陌生的異鄉自討苦吃。而且去的地方若是有電車行駛的繁華都市也就算了，怎麼會跑去日向的延岡。我就連來到船運方便的此地，待了不到一個月都想回家了。說到延岡，那可是深山中的深山非常偏僻。根據紅襯衫的說法，下船之後還得坐一整天馬車去宮崎，然後再從宮崎坐一整天車子才到得了。光聽地名就不是甚麼開化之地。總覺得那裡的居民一半都是猴子。饒是菜瓜君這樣的聖人君子，想必也不願意去陪猴子吧，他的選擇也太奇怪了。

這時老太太照例送來晚餐。我問她今天是否又吃地瓜，結果她說，不是，今天可是豆腐哪。反正還不是差不多。

「老太太，聽說古賀先生要去日向呢。」

「是啊，真是可憐哪。」

「可憐？他自己想去那也沒法子吧。」

「自己想去？您說誰？」

「還能有誰，當然是他本人。古賀先生不是特立獨行，自己想去那種地方

46 出自加賀千代女的俳句「朝顏纏吊桶，取水問人家」。意思是牽牛花的藤蔓纏繞汲水的吊桶，詩人不忍扯斷藤蔓，寧可去別人家取水。

嗎？」

「我告訴您，這可就大錯特錯錯到家了。」

「錯到家嗎？可是紅襯衫剛剛才這麼告訴我。如果錯到家，那紅襯衫就是吹法螺吹到家的騙子大王了。」

「教務主任會那樣說是理所當然，古賀先生不想去也同樣是理所當然喔。」

「如此說來雙方都有理囉。老太太您倒是很公平。這到底是怎麼回事？」

「今天早上古賀老太太來，跟我說了原委。」

「她跟您說了甚麼原委？」

「古賀家自從老先生過世後，生活便不再如我們想像得那麼富裕，因此他母親去拜託校長說，古賀老師已經任教四年了，能否把他的月薪稍微調高一點。」

「原來如此。」

「校長答應會好好考慮。於是他母親也安心了，以為馬上就能加薪，天天翹首期盼是這個月加薪還是下個月，不料校長忽然把古賀老師叫去，等他去了，校長說很遺憾學校資金不足，無法替他加薪，不過延岡倒是有空缺，那邊的話每月可以多領五圓，應該可以如其所願，所以已經替古賀老師辦好手續，叫他直接過去赴任就行了——」

「這根本不是商量而是命令嘛。」

「就是啊。古賀先生說與其調去外地加薪，寧可保持現狀，想留在本地。況且還有祖傳的房子，也有老母要照顧，可是校長說事情已經決定了，接替古賀老師的人選也找好了，所以事情已經沒有轉圜的餘地。」

「哼，這根本是耍人，太沒意思了。如此說來古賀先生其實不想去吧。難怪我覺得不對勁。就算可以多領五圓，也沒有哪個傻子會去那種深山和猴子為伍。」

「傻子？人家可是老師哪。」

「是怎樣都不重要——這一切都是紅襯衫搞的鬼。這種行為是不對的。等於是偷襲。因此說要給我加薪太沒道理了！就算他要給我加薪我也不稀罕！」

「老師要加薪了嗎？」

「他是這麼說的，我打算拒絕。」

「為什麼要拒絕？」

「不管為什麼都得拒絕。老太太，那個紅襯衫是渾蛋。太卑鄙了。」

「就算卑鄙，只要他肯替您加薪，您還是乖乖同意比較好。年輕時動不動就臉紅脖子粗，等到年紀大了回過頭想想，有時會很後悔當初為何沒有多忍耐一下。為了逞一時意氣讓自己吃虧，事後當然會後悔，您還是聽我的勸告，如果紅襯衫先生說要給您加薪，就開開心心接受吧。」

「老人家用不著管這種閒事。我的月薪無論增加或減少都是我的月薪。」

老太太閉上嘴不吭氣了。老爺子拖長了音調在唱歌。歌謠這玩意大概就是把明明看歌詞能理解的東西，硬是加上艱澀的曲調，故意讓人聽不懂吧。真不明白老爺子怎麼能每晚唱那種東西都不會膩。我現在可顧不得去管歌謠了。自從紅襯衫說要加薪，雖然我並不渴求，但有多餘的錢放著也可惜，所以我才答應，但我怎能讓一個不想調任的人被強迫調走，還從他的薪水揩油，做出這麼沒道義的行為！他自己明明說寧可保持現狀，卻逼他流落到延岡那種鬼地方，這到底是何居心。就連太宰權帥[47]也只是被貶到博多，河合又五郎[48]不也在相良待了下來。總之如果不去找紅襯衫鄭重回絕我實在不甘心。

我穿上小倉寬褲再次出門。站在氣派的玄關前喊聲打擾，照例又是紅襯衫的弟弟出來應門。一看到我就露出「你怎麼又來了」的眼神。有必要的話不管兩次三次我都會來。就算是三更半夜說不定也會照樣把人叫醒。他該不會以為我是那種來討好教務主任的無恥小人吧？我可是來答覆我不希罕加薪的。這時他弟弟說目前家中有客人，我說就在玄關說兩句就好，我想見他一下。他聽了就回裡屋去了。我看著腳下，發現一雙鋪著草編鞋墊的低齒木屐。裡屋傳來「終於可以擺脫他了」的聲音。我當下察覺裡面的客人是馬屁精。如果不是馬屁精，不可能發出那種巴結的噁

47 太宰權帥，古代九州官府太宰府的次官。到此赴任的官員多半是遭到貶職或流放。

48 河合又五郎（一六一五－一六三四），原為岡山藩士，殺死同僚渡邊數馬之弟後逃亡，在伊賀遭到數馬和姊夫荒木又右衛門報復。相良位於現在的熊本縣，戲曲中提及他「落腳九州相良」，但實際上是在伊賀被殺。

心嗓音，穿這種藝人才會穿的木屐。

過了一會，紅襯衫拿著油燈來到玄關叫我進去坐，他說家裡沒外人，是吉川君來了。我說不了，在這裡就好，我講兩句話就走。紅襯衫的臉看起來很紅。八成正在和馬屁精喝酒。

「之前主任說要給我加薪，我的想法有點改變，所以特來回絕。」

紅襯衫把油燈舉到前方，藏在燈後望著我的臉，他似乎一時之間不知該如何應答，神色頗為茫然。不知是對這世上竟然有人主動拒絕加薪感到懷疑，還是覺得就算我要拒絕，也犯不著剛見過面就立刻又跑來，因此驚訝過度之下嚇傻了，又或者二者皆有，才會目瞪口呆就這麼杵著。

「我當時同意，是因為主任說古賀君是自己希望調職……」

「古賀君的確是自己提出要求才半推半就調職的。」

「才不是，他想留在這裡。就算月薪維持原狀，他也想待在家鄉。」

「是古賀君親口這麼告訴你的？」

「當然不是他本人說的。」
「那你是聽誰說的？」
「租房子給我的老太太從古賀君的母親那裡聽說，今天告訴我的。」
「那麼，是租房子給你的老太太這麼說的？」
「是的。」
「那麼恕我直言，你這樣恐怕有點不對吧。聽你的意思，你好像寧可相信你的房東老太太也不相信教務主任，我這樣解釋應該沒甚麼錯吧？」
我有點困窘。文學士果然厲害。逮著人家的語病不放，非要咄咄逼人。以前老爹經常說我個性毛躁會誤事，看來我果然有點毛毛躁躁。聽了老太太的話大吃一驚就立刻跑來，也沒去找菜瓜君和他母親當面求證問清詳情。所以現在這樣被文學士之流倒打一耙，還真有點招架不住。
雖然無法正面招架，但我已在心中對紅襯衫做出不信任的判決。房東老太太雖然也是吝嗇貪心的人，但她從不說謊，不像紅襯衫這樣表裡不一。我無奈之下只好回答：

「就算主任說的話或許是真的吧——總之我拒絕加薪。」

「那就更可笑了。你現在專程來找我是因為無法忍受加薪，聽起來好像有你的正當理由，但你那個理由都已被我澄清了還要堅持拒絕加薪，這就讓我有點費解了。」

「或許是有點費解吧。總之我拒絕。」

「既然你這麼堅持，我當然不會勉強你，不過你在這短短兩、三個小時之內，沒有特別理由就突然改變心意，會影響到你將來的信用。」

「就算影響到也無所謂。」

「怎麼可能無所謂，對人而言信用是最重要的東西。姑且退讓一步，就算你的房東先生……」

「不是房東先生，是老太太。」

「是誰都行。就算老太太跟你講的是事實，你的加薪也不是剝削古賀君的薪水得來的。古賀君要調去延岡。會有人來接替他的工作。校方開給新老師的薪水比古賀君少一點。所以我才說要用那個差額給你加薪，因此你沒必要對任何人感到愧疚。古賀君去延岡是高升，新來的替任者一開始就說好薪水不高。因此還能順便提升你的待遇，我本來以為這是皆大歡喜的安排。如果你不願意我也不勉強，但你要不要回家仔細考慮一下再說？」

我的腦子不太靈光，換做以往，聽到對方如此花言巧語，我可能已經誠惶誠恐地說「咦，這樣啊，如此說來是我錯了」就此打消原意，但今晚不同。打從我一來到這裡就不喜歡紅襯衫。雖然中途也曾改變想法覺得他為人親切像個女人，但那似乎根本不是親切，於是反彈之下導致我現在加倍厭惡他。所以無論他今後如何發揮三寸不爛之舌，哪怕他身為堂堂教務主任訓得我啞口無言，我也不吃那套了。辯才無礙的人不見得是善人。被教訓得啞口無言的人也不見得是壞人。表面上好像是紅襯衫有道理，但就算他表面上如何道貌岸然，也無法讓人打從心底敬服。如果用金錢、權力與大道理就能收買人心，那麼高利貸業者和警察還有大學教授應該最受人愛戴才對。區區中學教務主任的論調怎麼可能打動我。人是憑個人喜惡採取行動。不是憑大道理去行動。

「主任說的很有道理，我不願意加薪，所以敬謝不敏。再怎麼考慮都一樣。告辭。」我說完就走了。只見頭上高掛銀河。

九

要替菜瓜君舉辦送別會的那天早上，我一到學校，豪豬突然嘮嘮叨叨地向我道歉。他說：「上次伊香銀來找我抱怨，說你整天胡來讓他很困擾，拜託我勸你搬走，我當時信以為真，所以才會叫你搬出去，但我事後聽說，那傢伙是個惡棍，經常把偽造的贗品書畫強迫推銷給房客，所以他指控你的罪名肯定也是捏造的。他想把書畫古董賣給你藉此牟利，但你不肯配合讓他賺不到錢，所以他才那樣捏造事實騙我。我不知他是那種人，對你非常失禮，還請你原諒。」

我沒吭氣，逕自拿起豪豬桌上的一錢五厘，放進我的錢包。豪豬狐疑地問我要把錢收回去嗎，我說：「嗯，之前我不願意讓你請客，所以堅持把錢還給你，但是事後我仔細想想，還是讓你請客比較好，所以我要把錢收回。」豪豬哈哈大笑，一邊問我既然如此，為何不早點把錢拿回去。我說其實我早就想拿回去了，可是下不了臺階，所以就這麼一直僵著，最近已經苦惱得每次來學校看到一錢五厘就頭疼了。他說那我也太好強了，我說他才是倔脾氣。之後我倆就這麼一問一答起來。

「你到底是在哪長大的？」

「我是道地的江戶人。」

「嗯，江戶人嗎，難怪這麼好強。」

「那你呢？」

「我是會津人[49]。」

49 江戶時期的會津藩，位於現在的福島縣。會津與江戶同屬舊幕府勢力，而會津藩更曾頑強抵抗新政府軍。

「會津啊，難怪倔得像頭牛。今天的送別會你要去嗎？」

「當然要去，你呢？」

「我當然也會去。古賀老師出發時，我還打算去海邊送行呢。」

「送別會很有趣喔，你一定要來。今天我打算痛飲一番。」

「你想喝就喝。但我吃完飯就立刻走。喝酒的傢伙都是傻瓜。」

「你這人真的動不動就想找人吵架欸。的確將江戶人的輕佻風格表露無遺。」

「是怎樣都不重要，你出席送別會前先來一下我的住處，我有話要說。」

豪豬依約來到我的住處。自從上次的事之後，我每次看到菜瓜君就萬分同情，到了送別的今天，更是滿心憐憫，如果可以的話，恨不得代替他去延岡。因此我很想在送別會上好好演說一番替他的出發壯大聲勢，但以我這種江戶人的捲舌口音，終究不成體統，於是我靈機一動打算雇用大嗓門的豪豬，好好挫一下紅襯衫的威風，所以才特地找他來。

我劈頭先從瑪丹娜事件說起，關於瑪丹娜事件，豪豬當然比我更了解詳情。我提及野芹川河堤的偶遇，罵紅襯衫簡直是渾蛋。豪豬說我不管逮到誰都喊渾蛋，今天在學校還喊他渾蛋，他說如果他是渾蛋，紅襯衫就不是渾蛋，因為他絕非紅襯衫的同類。我說那好，紅襯衫是沒種的呆瓜。豪豬大為贊成，說他搞不好真的是。豪豬雖然夠強壯，碰上這種罵人的粗話，顯然詞彙遠不如我豐富。會津佬大概全都是這種德性。

之後我提到加薪事件，以及紅襯衫說將來要重用我的承諾，豪豬冷哼兩聲說，「那他是打算把我踢走吧。」我問：「就算他打算把你踢走，你甘心被免職嗎？」他很囂張地說：「誰會甘心啊，如果我被免職，那我就讓紅襯衫跟我一起免職！」我又追問為何想跟紅襯衫一起免職，他說還沒想那麼多。豪豬雖然看似強悍，但是好像沒甚麼腦子。我說我已拒絕加薪，這位老兄非常高興，說我不愧是江戶男兒，狠狠誇獎了我一番。

我又問豪豬，菜瓜既然那麼不想走，為什麼不設法運作讓菜瓜留任呢？他說從菜瓜那裡得知消息時，調職已成定局，雖曾找過校長二次，也去找紅襯衫談判過一次，但是都無法改變事實。不過古賀也未免太好說話了所以才傷腦筋。豪豬說：「紅襯衫告訴他時，他就該當場斷然拒絕，或者用『先回去考慮一下』來搪塞，可他卻被紅襯衫的花言巧語唬弄，當下就同意了，事後即使他母親再來哭訴，或者我出面去替他談判，也已於事無補。」豪豬看起來很遺憾。

我說這次的事件完全是紅襯衫想把菜瓜調開，趁機得到瑪丹娜的詭計。豪豬說，那肯定是，那傢伙裝得老實，私底下壞事幹盡，不管別人說甚麼，他都已備妥退路等著，真是太奸詐了。碰上那種傢伙只有鐵拳制裁才管用。說著捲起袖子露出肌肉隆起的手臂給我看。我順便也問他手臂看起來很壯，是不是練過柔道。他聽了鼓起胳臂的肌肉叫我捏捏看，我拿指尖捏了兩下完全捏不動。像澡堂用的浮石一樣硬。

我非常佩服，於是問他，既然力氣這麼大，想必就算五、六個紅襯衫一起上，也可以一拳揍飛吧？他說那當然，一邊將屈起的胳膊伸展再弓起，讓肌肉像小老鼠在皮膚底下動來動去。挺好玩的。豪豬為了證明，還說如果把紙捻成繩子二根搓在一起，綁住肌肉隆起的地方，再用力弓起手臂，繩子就會立刻綳斷。我說如果是紙繩，那我應該也辦得到。豪豬聽了不服氣說，怎麼可能，有本事你就試試看。我怕如果繩子沒有綳斷傳出去會很丟臉，所以還是算了。

我半開玩笑地慫恿豪豬，今晚送別會喝了酒之後，不如揍紅襯衫和馬屁精一頓。「這個嘛……」豪豬說著沉思片刻，最後說今晚還是算了。我問他為什麼，他說今晚鬧場的話會對不起古賀——況且既然要揍人，就該逮著他們做壞事的時候當場動手，否則反而成了我們的不是。他很有條理地如此補充解釋。看來豪豬比我想得周全。

我說：「那你就用一席演說大力讚美古賀，如果我來講的話，江戶人的捲舌音太溜聽起來不穩重。而且只要到正式場合，我就會突然胃酸過多，好像有一團東西冒上來卡在咽喉說不出話，所以還是讓給你來說吧。」他聽了說：「你這毛病還真奇怪，那你在眾人面前都不能說話了，一定很困擾吧？」我告訴他這只是小事，其實也沒那麼困擾。

就這麼聊著聊著時間也到了，於是和豪豬一起去會場。會場設在花晨亭，據說是本地最高級的餐廳，但我一次也沒去過。聽說餐廳老闆買下昔日藩主家老[50]的房子，也沒改建就直接開起餐廳，外觀看起來的確相當氣派。用家老的房子當餐廳，就好像把武士的陣羽織[51]改成棉背心穿。

我倆抵達時，人已大致到齊，在五十張榻榻米的大宴會廳聚集成兩、三個小團體。不愧是大宴會廳，壁龕氣派又寬敞。和我之前在山城屋旅館占領的十五張榻榻米大的房間壁龕簡直有天壤之別。拿尺一量足足有四公尺寬。右方擺著紅色花紋的瀨戶花瓶，瓶中插著巨大的松枝。我不知道插松枝做甚麼，但松枝就算放上幾個月也不會凋謝，至少可以省錢，倒也不錯。我問博物學老師那個瀨戶花器是哪裡做的，他說那不是瀨戶的，是伊萬里[52]。我說伊萬里不也是瀨戶器皿嗎，博物學老師聽了嘿嘿笑。事後我才知道，在瀨戶地區製造的陶瓷才叫做瀨戶器皿。我是江戶人，所以我一直以為陶瓷器都叫做瀨戶器皿。壁龕中央掛著大幅字畫，上面寫了二十八個字[53]，每個字都有我的臉盤那麼大，寫得很拙劣。因為太醜了，我忍不住問漢學老師，為什麼要把那麼醜的字公然掛出來，博物學老師說那是海屋[54]這位知名書法家的作品。甚麼見鬼的海屋，我到現在都覺得寫得很拙劣。

之後書記川村終於請大家入席，我坐在有柱子可以倚靠的好位子。狸貓穿著日式禮服在海屋的書法前面坐下後，紅襯衫也同樣一身禮服在他左手邊坐下。右邊是今天的主角菜瓜老師，他同樣一身日式服裝。我穿的是西服，跪坐會憋得很不舒服，所以立刻就變成盤腿而坐。我旁邊的體操老師穿黑褲，跪得端端正正。不愧是體操老師，果然是練家子。之後開始上菜。酒也送來了。主辦人先站起來講兩句場面話。接著狸貓和紅襯衫也相繼站起來致詞，都是講些送別的話，三人像約好了似

50 家老，幕府時代諸侯家臣之長，地位僅次於幕府將軍和藩主。
51 陣羽織，武士作戰時，為了禦寒而穿在盔甲外面的衣物。
52 伊萬里燒，佐賀縣伊萬里港送出的瓷器統稱。
53 此處應是寫了一首七言絕句的漢詩。
54 貫名海屋（一七七八—一八六三），江戶後期的書法家、儒學家。

地極力讚揚菜瓜君是好老師、大好人，對他這次的調任深感遺憾，不僅站在校方的立場，個人也非常惋惜，但是他基於個人因素深切期望調職，所以只好忍痛成全云云。他們這樣睜眼說瞎話舉辦送別會，而且絲毫不覺羞恥。尤其是紅襯衫，在三人之中最用力誇獎菜瓜。甚至說失去這位良朋益友是自己的大不幸。而且他還講得煞有其事，用他那種溫柔的聲調加倍溫柔地娓娓道來，第一次聽到的人，肯定任誰都會上當。瑪丹娜八成也是被他這招騙去的。紅襯衫致詞時，坐在對面的豪豬朝我使個眼色，我也回敬他，用食指拉下眼皮扮鬼臉。

豪豬等不及紅襯衫坐下已經猛然站起，我很開心，不由大力鼓掌。結果狸貓一干人全都朝我行注目禮讓我有點困窘。本以為豪豬要說甚麼，沒想到他說，「剛才從校長到教務主任都非常惋惜古賀老師的調任，可我的想法稍微相反，我希望古賀老師能夠盡快離開此地。延岡地處偏遠，和本地比起來想必物質方面會有所不便。但我聽說當地民風頗為純樸，師生似乎都有古人樸實正直的遺風。我相信當地肯定不會有那種嘴上說著言不由衷的場面話，口蜜腹劍陷害君子故作時髦的傢伙，所以古賀老師這樣溫良篤實的人物，必然會受到當地眾人的歡迎。我們應該為古賀老師熱烈慶祝這次調任。最後我希望古賀老師去延岡赴任後，能夠在當地找到值得君子好逑的窈窕淑女，早日建立美滿家庭，讓那個水性楊花的輕浮女子羞愧而死。」他說完大聲乾咳兩下後才坐下。這次我又想鼓掌，可是我怕大家又對我行注目禮，只好作罷。豪豬坐下後輪到菜瓜老師起立。他非常客氣，從自己的位子走到最末座，殷勤向在座眾人行禮後才說：「這次因個人因素將要調往九州，承蒙各位老師替敝人舉辦如此盛大的送別會，著實銘感五內——尤其是剛才有幸得到校長、教務主任以及其他同仁的臨別贈言，內心深為感激服膺。今後雖將前往遠方，還請各位一如既往多多關照。」說完深深一鞠躬回到座位。菜瓜君做人未免也太好了吧，簡直是好到沒底線。對於這樣欺負自己的校長和教務主任，竟然還恭恭敬敬道謝。而且如果只是禮貌上的客套話也就算了，看他那樣子，還有他說的話，他的表情，似乎是真的衷心感激。被這種聖人一本正經地道謝，反而會心生愧疚面紅耳赤，但狸貓和紅襯衫只是嚴肅地洗耳恭聽。

致詞完畢後，到處響起稀哩呼嚕的聲音，我也效法眾人啜飲了一口湯，很難喝。前菜冷盤有魚板，但魚板發黑，是用烤壞的竹輪做的。也有生魚片，但是切得很厚，就像生吃鮪魚肉排。但坐我附近的人還是狼吞虎嚥吃得很香。他們八成沒吃過正統的江戶料理。

之後大家開始頻頻舉杯互敬，四下忽然熱鬧起來。馬屁精恭敬地走到校長面前敬酒。看了就噁心。菜瓜君挨個兒敬酒，似乎打算巡行全場一圈。真是辛苦他了。菜瓜君來到我面前，撫平寬褲的摺痕端正請我喝一杯，於是我也難受地穿著西裝褲肅然跪坐，和他喝了一杯。我說：「難得有緣來此相識，這麼快就要道別真遺憾，等你出發時，我一定會去海邊送行。」菜瓜君聽了回答：「不敢當，您公務繁忙千萬別這麼客氣。」但是不管菜瓜君怎麼說，我都已決定要請假去送行。

之後過了一小時左右，席上酒酣耳熱已亂成一團。「來一杯！奇怪，我叫你喝你就喝……」也有一、兩人已經這樣醉得口齒不清。我覺得有點無聊，於是出去上廁所，在星光下望著古意盎然的庭園，這時豪豬來了。他得意洋洋，還問我是不是覺得他之前的演說很精采。我說我非常贊成，唯獨有一處不滿意。他問我是哪一點不滿意。

「你不是說，延岡沒有那種道貌岸然地陷害他人還故作時髦的傢伙嗎？」

「嗯。」

「用故作時髦的傢伙來形容他太客氣了。」

「不然該怎麼說？」

「應該罵他是自以為時髦的做作鬼、大騙子、詐欺犯、斯文敗類、江湖術士、獐頭鼠目、祕密警察、汪汪亂吠的狗雜種。」

「我可沒那麼會罵人。還是你伶牙俐齒。首先就知道很多罵人的詞彙。你這樣居然還無法當眾演說真是不可思議。」

「沒甚麼，這是我為了吵架專用，特地用心收集好的詞彙。如果是當眾演說，用不上這些字眼。」

「是嗎？可是你講得很溜欸。你再講一次給我聽聽。」

「要講幾遍都沒問題，聽好囉——自以為時髦的做作鬼、大騙子、詐欺犯……」說到一半，忽聞簷廊一陣混亂的腳步聲，只見有二人踉踉蹌蹌跑出來。

「你們兩個太不夠意思了——居然開溜——有我在場你們別想跑，快點喝酒——詐欺犯？——有意思，詐欺犯有意思——來，快喝！」

說著就用力把我和豪豬拽過去。其實這兩人都是出來上廁所的，但是已經喝醉了，所以才忘記去廁所，只顧著拉扯我們吧。醉鬼大概總是只顧著眼前所見沒事找事，把之前要做的事都拋諸腦後了。

「各位，我把詐欺犯拉來了。咱們給他灌酒。一定要把詐欺犯灌醉為止。別想開溜。」

說著就把並無開溜之意的我壓在牆邊。我四下一看，桌上已沒有甚麼像樣的菜色。還有人把自己那份吃光後，遠征到十公尺之外繼續掃蕩。校長不知是幾時離開的，早已不見蹤影。

這時三、四名藝妓說著「是這個包廂嗎」走進來。我有點吃驚，但是被人押在牆邊，因此只能乾瞪眼。這時本來倚著壁龕柱子驕傲地叼著那支琥珀菸斗的紅襯衫急忙爬起來，想要走出包廂。迎面而來的其中一名藝妓在錯身而過時笑著對他打招呼。那個藝妓是當中最年輕漂亮的女孩。雖然離得遠聽不見，但她似乎是說「咦，您好」。紅襯衫佯裝不知地逕自走出包廂，就此再也沒露面。八成是追在校長後頭也回去了。

藝妓來了之後包廂頓時氣氛熱烈，彷彿眾人齊聲怪叫表示歡迎般鬧哄哄的。有人玩猜枚。吆喝的聲音之大，就像在練習拔刀術。這邊也有人在划拳。全神貫注地揮舞雙手喊著「喝！哈！」手勢比表演傀儡戲的人還靈活。對面的角落有人搖晃酒瓶嚷著「喂，倒酒」，隨即又改口說「拿酒來，拿酒來」。總之吵吵鬧鬧讓人受不了。眾聲喧嘩中，唯有菜瓜君一個人無所事事低頭沉思。大家為他舉行送別會，並不是惋惜他的調任，只不過是找藉口飲酒作樂。唯有他自己無事可做黯然神傷。這種送別會還不如不辦得好。

過了一會，眾人開始扯著破鑼嗓子荒腔走板地唱歌。來到我面前的一名藝妓抱著三弦琴說，先生，你也唱首歌吧。我說我不唱，要唱妳自己唱。於是她一口氣唱了一大段「敲鑼打鼓，叫喚迷路呀迷路的三太郎，咚個里得咚咚鏘。如果四處敲鑼打鼓就能找到人，那我也想四處敲鑼打鼓咚個里得咚咚鏘地找到心上人」，然後抱怨累死了。既然這麼累，幹嘛不唱點更輕鬆的曲子。

這時，不知幾時坐到我旁邊的馬屁精，用單口相聲的腔調調侃她：「小鈴兒好不容易遇見心上人，人就立刻走了，真是可憐哪。」藝妓當下不客氣地頂回去說，「聽不懂你在說甚麼。」馬屁精不以為意，又用噁心的聲音模仿淨琉璃的曲調唱「難得巧遇心上人只可惜……」藝妓朝馬屁精膝蓋拍了一掌，嬌嗔「別唱了」，馬屁精倒是很開心地笑了。這個藝妓就是之前向紅襯衫打招呼的女孩。被藝妓修理還笑得出來，看來馬屁精也是傻得很幸福。他甚至主動提議：「小鈴，我來跳紀伊國舞，妳幫我伴奏。」這傢伙居然還想跳舞。

對面的漢學老師這位老爺子，歪著牙都掉光的嘴巴大唱淨琉璃戲曲：「這我可沒聽說，傳兵衛，你我之中……」好不容易唱到這裡，忽然停下問藝妓：「接著怎麼唱？」老爺子年紀大了記性不好。還有一人抓著博物學老師說，「我最近做了一首歌，我彈給你聽吧？你可要仔細聽好喔——梳的是花月卷[55]，白色緞帶的新潮髮型，坐的是腳踏車，拉的是小提琴，講的是一口洋涇浜英語，I am glad to see you。」博物學老師聽了很佩服說，「原來如此，有意思，還夾雜英文呢。」

豪豬扯高大嗓門連聲呼喊藝妓，他說要表演劍舞[56]，命令藝妓彈三弦琴伴奏。他的嗓門太大，把藝妓嚇得話都說不出來。豪豬可不管這麼多，拿來手杖，走到包廂中央，吟著「踏破千山萬岳煙……」逕自開始表演他的餘興節目。這時馬屁精已經跳完紀伊國舞，也跳完滑稽逗趣的活惚舞[57]，唱完流行小調〈架上的不倒翁〉，脫得光溜溜只剩一條丁字褲，腋下夾著棕櫚掃帚，繞著包廂遊走大唱「日清談判破裂後……」簡直是神經病。

55 花月卷，某種束髮，據說是新橋的花月料亭老闆娘想出來的髮型。
56 劍舞，是以刀、扇並配合吟詠，舞出武士精神的傳統藝能。
57 活惚舞，搭配民謠而舞的一種民俗舞蹈。

我從剛才就很同情一臉苦悶連衣服也不敢脫始終正襟危坐的菜瓜君，就算是自己的送別會，也沒必要穿著大禮服勉強自己看人家穿丁字褲大跳裸體舞，於是我走到他身旁建議：「古賀先生，我們回去吧。」可是菜瓜君堅持「今天是我的送別會，如果我先走掉未免有失禮數，還請別顧慮我」，硬是不肯動。我見他不肯走，又極力勸說：「你還客氣甚麼，既然是送別會，就該有送別會的樣子，你看看他們，簡直是狂歡大會，我們走吧。」沒想到我們才剛要出包廂，馬屁精就一路揮舞掃帚衝過來，「喂，客人還在主人就先走太過分了吧。這是日清談判。不准走！」說著把掃帚一橫，擋住去路。我打從之前就已經一肚子火氣，如果這是日清談判那你就是清朝走狗！掄起拳頭就朝馬屁精的腦袋揍去。馬屁精似乎愣了兩、三秒，一臉茫然，然後語無倫次說甚麼「喂，這太過分了，動手打人太狠了吧，居然敢打我吉川，膽子倒不小，這樣更要進行日清談判了……」這時豪豬在後面看我們這裡好像起了騷動，於是停下劍舞飛奔而來，看到這種局面後，他二話不說就掐住馬屁精的脖子把他拖回去。「日清……好痛！好痛！你這樣太粗魯……」馬屁精想掙扎，卻被豪豬往旁一扭，重重倒下。之後怎樣我就不清楚了。途中我和菜瓜君道別，回到住處已過了十一點。

十

慶祝日俄戰爭勝利，學校放假一天。據說練兵場會舉行典禮，狸貓必須率領學生參加。我身為教職員之一也得跟去。到了街上只見國旗飄揚，壯觀的旗海甚至令人目眩。學校學生多達八百人，所以體操老師負責整隊，各班之間稍微隔開，插入一、兩名教職員監督。這個設計本身倒是頗為巧妙，實際做來卻問題多多。學生年紀小又自大，總以為不打破規矩的話有損學生的面子，所以就算派再多教職員盯著又有何用。也沒人下令他們就自行唱起軍歌，不唱軍歌了就莫名其妙鬼吼鬼叫瞎起鬨，倒像是流浪漢橫行街頭。不唱軍歌也不鬼吼時就嘰嘰喳喳說個不停。照理說不講話也能走路，但日本人好像都是嘴巴先出生，即便一再警告他們也充耳不聞。而且他們不只是愛講話，還愛講老師的壞話，很惡劣。上次值班事件讓學生道歉後，我以為事情就此了結了。沒想到實際上完全不是那回事。如果借用房東老太太的說法，我根本是大錯特錯錯到家。學生並非真心悔改才道歉，只是在校長的命令下，徒有形式地低頭認錯。就好比商人整天鞠躬哈腰還不是照樣做盡狡猾勾當，學生也只是虛應故事道個歉，實則絕不會停止搗蛋。仔細想想，這社會或許全都是像學生這樣的人構成的。對於別人的道歉賠罪，如果當真接受就此原諒，那大概才是老實過頭的傻蛋。道歉既然是假道歉，原諒自然也是假原諒，這麼想大致錯不了。如果真要讓人道歉，就得狠狠教訓對方直到他真心後悔為止。

我走進兩班之間，只聞喊什麼天婦羅、糯米糰子的聲音不絕於耳。而且聲勢浩大，壓根分不清是誰說的。好吧，就算找得出是誰說的，這些小鬼肯定也會強辯他們沒說老師是天婦羅，也沒說老師是糯米糰子，那是老師自己神經衰弱、有偏見，所以才會聽成那樣。這種卑鄙個性是本地打從封建時代就已養成的習慣，所以就算再怎麼苦口婆心地教導，到底無法糾正回來。在這種地方待上一年，即便清白無辜的我，恐怕也會不由自主染上這種惡習。對方既然用這種狡辯的手段汙蔑我，那我坐視不管豈不荒唐。對方是人，我同樣也是人。雖說他們是學生，是孩子，但塊頭比我還高大。所以如果不好好處罰他們還以顏色怎麼說得過去。但我如果用尋常的手段回敬，對方八成又會反過來抨擊我。如果我說都是他們的錯，他們肯定早已安排好了退路所以立刻會滔滔不絕辯解。先替自己辯解，讓自己表面上顯得清白無辜，然後再攻擊我的弱點。我本來就只是被動還以顏色，所以如果我的辯解不能舉出對方的錯誤，就不成為辯解。換言之明明是對方先出手，但在世人眼中卻會變成是我先找碴挑釁。這樣我太吃虧了。如果因此就任憑對方為所欲為，縱容這些頑童，只會助長對方的氣焰，說得更嚴重點，對社會也沒好處。逼不得已，屆時我只好也效法對方的手段，改用不會被逮到把柄、讓人無法指責的方式來回敬。但那樣的話我這個江戶好漢也墮落了。就算墮落，但如果這樣被學生惡搞一整年，我也是血肉凡人，即使明知墮落恐怕也得那樣報復才甘心。看來唯一的辦法就是盡快回東京和阿清同住。待在這種鄉下地方簡直像是專程來自甘墮落。就算我去送報紙，也勝過墮落至如此地步。

我一邊這麼想，一邊不情不願跟上隊伍，前方忽然出現騷動。同時整個隊伍也停下來了。我覺得奇怪，走出隊伍右邊向前一看，人群堵在大手町走到底要拐進藥師町之處，推推擠擠扭成一團。體操老師從前方聲嘶力竭嚷著「安靜！安靜！」走來，我問他出了甚麼事，他說中學和師範學校在拐角起了衝突。

中學和師範無論在哪個縣市據說都是水火不容。雖不知道確切原因，但兩校風氣的確截然不同。一有點小事就會吵架。大概是鄉下地方小又無聊，所以閒著沒事幹吧。我最喜歡打架，聽說起衝突，立刻跑過去看熱鬧。這時前面的那群人頻頻嚷著「你們這些靠地方稅[58]養活的廢物滾回去」。後方也有人大喊「往前擠，往前擠」。我鑽過擋路的學生之間，就快走到那個拐角時，忽然聽到一個高亢的聲音下令「向前走」，師範學校的學生頓時開始肅穆前進。之前爭先搶道的衝突，肯定已經解決，換言之是中學讓步了。就資格而言的確是師範學校略高一等。

慶祝勝利的典禮頗為簡單。先是陸軍旅團長朗讀賀詞，接著是縣知事朗讀賀詞。最後參加者高呼萬歲。就此結束。據說下午還有表演節目，於是我先回到住處，趁此空檔提筆給掛念的阿清寫信。她要求我這次寫信要寫得更詳細，所以我必須盡量認真報告。可是一旦拿起信紙，該寫的事太多，反而不知從何寫起才好。寫那個嗎，那個太麻煩，寫這個嗎，這個又太無聊。難道就沒甚麼可以輕鬆寫來不費力氣，又能讓阿清看了覺得有趣的事情可寫嗎？我仔細想想，那樣符合要求的事情好像一件也沒有。我磨墨，提筆沾墨，瞪著信紙——瞪著信紙，提筆沾墨，繼續磨墨——同樣的行為重複數次後，我終於灰心地蓋上硯臺的蓋子，承認自己實在不是寫信的那塊料。寫信實在太麻煩了。還是親自去東京當面報告更簡便。雖然不是不明白阿清的擔心，但是要照阿清的要求寫信比讓我斷食三星期還痛苦。

我洩氣地拋開毛筆和信紙，就地躺下支肘托著腦袋望向庭院，但我還是惦記著阿清。那時我就在想，既然我如今來到遙遠異鄉還這麼惦記阿清，可見我的真心阿

58 師範學校是靠地方稅的補助維持營運，所以此處是在罵師範學校的學生。

清定能感受到。既然阿清能夠感受到，那就沒必要寫甚麼信了。看我沒寫信，她一定知道我過得平安。至於寫信，就留待死掉或生病或者發生甚麼大事的時候再寫即可。

此處庭院是十坪大的平坦院子，也沒種甚麼值得一提的樹木。只有一棵橘子樹，從圍牆外便可一眼看見，長得很高。我每次回來時總會望著這棵橘子樹。沒離開過東京的人看到長在樹上的橘子總覺得特別稀奇。那些青色果實應該會漸漸成熟變黃吧，屆時一定很美。現在就已有變黃一半的果實。據老太太說，這棵樹上的橘子多汁甘甜。她叫我等橘子成熟時一定要多吃點，那我就每天吃一點吧。再過三週應該就能大快朵頤。我總不可能在這三星期之內就捲鋪蓋走人。

我正在想著橘子時，豪豬忽然上門來找我。他說今天慶祝勝利，所以特地買來牛肉想跟我一起打打牙祭，說著從袖裡扯出一個竹葉包裹，扔到房間中央。我在租屋處天天不是地瓜就是豆腐，又被禁止去蕎麥麵店和糰子店，所以當下大喜過望，立刻向老太太借來砂鍋和砂糖開始烹煮。

豪豬狼吞虎嚥牛肉，一邊問我知不知道紅襯衫和藝妓相好的事。我說我當然知道，上次替菜瓜辦送別會時，其中一個來陪酒的藝妓好像就是。「沒錯，我直到最近才察覺，果然還是你敏銳。」豪豬拼命誇我。

「那傢伙開口閉口就標榜甚麼品行啦又甚麼精神娛樂的，可是私下居然和藝妓有染，真不是個好東西。而且如果他用同樣標準寬以待人也就算了，但他連你去一下蕎麥麵店和糯米糰子都說有害校園風紀，還透過校長警告你。」

「嗯，依照那傢伙的想法，找藝妓尋歡八成算是精神娛樂，吃天婦羅、糯米糰子是物質娛樂。既然是精神娛樂，就該大大方方地公開。可你看看他那個鬼祟德性！相好的藝妓前腳一進包廂，他後腳立刻離席逃之夭夭，還真把別人都當成傻瓜唬弄了，真教人火大。而且人家抨擊他，他就說不知道，或者鬼扯甚麼俄國文學、俳句是新詩的兄弟云云，唬得別人一愣一愣。他那樣的孬種根本不配當男人。八成是宮女投胎轉世。搞不好他老頭以前還是湯島的小倌[59]。」

59 江戶時代在湯島神社前有很多專門以少年陪客的小倌館。

「湯島的小倌是甚麼意思？」

「總之就是沒有男子氣概的玩意啦——你那塊肉還沒煮熟喔。吃那種生肉會長條蟲。」

「會嗎？應該不要緊吧。話說紅襯衫好像背著人偷偷去溫泉區的角屋和藝妓幽會。」

「你說的角屋，是那家旅館嗎？」

「旅館兼餐館。所以若要教訓他，最好的方法就是眼看著他帶藝妓進去開房間後，再去逮個正著。」

「眼看著他進去？難不成晚上還要監視他？」

「嗯，角屋前面不是有家『枡屋』旅館嗎？我們可以訂那家旅館靠馬路的二樓房間，在紙窗戳個洞，監視對面。」

「我們監視的時候他會來嗎？」

「應該會吧。反正不可能一晚就成功。必須做好耗上二週的心理準備。」

「那也太累了吧。我老爹死前我徹夜照顧他一整個星期，事後整個人精神恍惚，元氣大傷。」

「就算身體有點疲憊又有甚麼關係。如果放任那種禍害不管，對國家也有害無益，我要替天行道懲惡鋤奸。」

「痛快！既然決定了，那我也助你一臂之力。那我們今晚就開始監視嗎？」

「還沒和枡屋談妥，今晚不行。」

「那你打算甚麼時候開始？」

「盡快開始。反正我會通知你。到時候，你可要幫我。」

「沒問題，我隨時奉陪。我雖不擅長謀略，但是打起架來倒是身手敏捷喔。」

我和豪豬正在熱烈討論如何用計教訓紅襯衫時，房東老太太來了，她說：「有一個學生來了，聲稱要見堀田老師哪。剛才他去了老師府上，但老師不在，他猜老師可能在這裡所以就過來找人了哪。」老太太說完跪坐在房門口等候豪豬答覆。豪豬說聲「是嗎」就起身去玄關了，過了一會回來說，「我跟你說，學生是來邀我一起去看慶祝勝利大會的表演節目。據說今天有很多人專程從高知過來跳某種舞蹈，學生叫我一定要去見識一下，據說那可是難得一見的舞蹈，你也一起去看吧？」豪豬興致勃勃，極力勸我同行。我在東京已經看過太多舞蹈了。每年八幡大神祭典時神轎都會繞行街頭，所以甚麼汐汲舞之類我通通都見識過。雖然壓根不想看土佐地方的蠢舞蹈，但是拗不過豪豬盛情邀請，最後還是決定跟他出門。沒想到來邀請豪豬的人竟是紅襯衫的弟弟。這小子的出現很奇怪。

進入會場後，只見到處插著長長的旗幟飄揚彷彿回向院相撲大賽或本門寺法會，甚至連世界各國的國旗都悉數借來，所有的繩子掛滿旗幟，遼闊的天空看起來格外繽紛熱鬧。一夜之間搭建出來的舞臺設於東邊一隅，所謂高知的某某舞蹈據說就要在這裡表演。從舞臺向右走五十公尺之處被竹簾圍起，展示插花作品。大家一臉讚嘆地欣賞，但其實很無聊。把竹子野草那樣彎曲也看得那麼開心，那麼擁有駝背的情夫或跛腳老公豈不是也該引以為傲。

舞臺的對面頻頻施放煙火。煙火中出現氣球，上面寫著帝國萬歲。輕飄飄飛越天守閣的松樹上方後墜落軍營中。接著砰的一聲，只見一顆黑丸子咻地射上秋日晴空，在我頭頂上炸裂，青煙如傘骨般散開，冉冉飄向空中。又有氣球飛起。這次寫著「陸海軍萬歲」這行紅底白字的氣球隨風晃動，從溫泉區飛往相生村。八成會落到觀音寺境內吧。

雖然沒有上午典禮時那麼擁擠，但人也很多。萬頭攢動，甚至讓我很驚訝鄉下居然住了這麼多人。沒看到甚麼聰明的臉孔，但就人數而言的確不可小覷。之後著名的高知某某舞蹈開始演出。之前聽說是舞蹈我還以為是藤間流[60]之類的舞蹈，結果大錯特錯。

只見一群男人頭上綁著威武的頭巾身穿束腳褲，十人一列排成三列，三十人都攜帶無鞘的長刀，場面很震撼。前列與後列之間的間隔頂多只有五十公分，左右間隔也一樣。唯有一人離開隊伍站在舞臺邊緣。這個脫隊的男人只穿著褲子，沒有綁

60 藤間流，日本舞踊的五大流派之一，其節奏稍慢，動作較大。

頭巾，身上也沒佩刀，倒是胸前掛著大鼓。那個大鼓和太神樂用的鼓一樣。接著此人拖長音調發出呀——哈——的聲音，一邊唱起奇妙的歌謠一邊砰砰敲鼓。曲調前所未聞，非常不可思議。如果想像成三河萬歲[61]與普陀洛[62]的合併產物大概就差不離了。

歌曲頗為悠長，像夏天的水麥芽糖一樣纏綿逶迤，中間加入鼓聲來斷句，所以雖然悠長綿延還是有其節拍。三十人的佩刀隨著拍子閃閃發光，而且動作非常迅速，光是這樣觀看都覺得冷颼颼。前後左右五十公分之內都有活人，而且那些人也和自己一樣揮舞著刀子，所以動作必須非常整齊劃一，否則就會同志相殘釀成流血事件了。如果人不動只是前後上下揮舞刀子的話還沒那麼危險，問題是三十人會一起踏步轉身。也會轉圈。不時還會屈膝。只要身邊人的動作提早一秒或慢了一秒，自己的鼻子說不定就保不住。甚至可能削掉身邊人的腦袋。刀子揮灑自如，行動範圍卻被限定在五十公分的方塊內，而且還得和前後左右的人保持同樣的方向與速度。這實在太厲害了，遠非汐汲舞或關戶舞所能及。據說這需要動作非常熟練，否則不可能這樣合拍。尤其困難的，好像是那位打鼓老師。三十人舉手投足的動作乃至彎腰方式，據說全都靠這位打鼓老師的拍子指揮。在旁看著，只覺這位大哥似乎最悠哉，嘿嘿哈哈地輕鬆唱歌，實則責任重大非常費力，想想還真不可思議。

我和豪豬萬分嘆服地專心觀賞這場舞蹈，忽然在五十公尺外響起哇哇怪叫，本來安穩觀賞各處的人潮頓時出現騷動，開始左右晃動。只聞有人高喊「打架了！打架了」，緊接著紅襯衫的弟弟已鑽過眾人的衣袖跑來說，「老師，又打架了，中學的人為了報今早的仇，又和師範的傢伙開打了，你快去看看！」說著已經又鑽入人潮中不知所蹤。

豪豬抱怨「這些麻煩的小鬼又開始了嗎，怎麼就不懂適可而止呢」，一邊避開逃竄的人群拔腿就跑。他大概覺得不能袖手旁觀，打算去平息紛爭吧。我當然也不會置身事外，立刻跟在豪豬後面趕往現場。只見雙方打得正熱鬧。師範那邊約有

61 三河萬歲，以愛知縣三河地區為根據地的表演。由二人搭檔巡迴各地，配合鼓聲耍寶講吉祥話。

62 普陀洛，曾有觀音出現的印度靈山。此處指巡禮禮讚佛祖的歌詠，因歌詠中以「普陀洛」開頭，故名之。

五、六十人，中學這邊的人多出三成。師範的人穿制服，中學的人多半在上午典禮結束後已換上和服，所以一眼就分得出是敵是友。不過雙方扭打成一團戰得難分難捨，已經不知該從哪如何下手才能把他們分開了。豪豬彷彿覺得傷透腦筋，望著這場混亂看了一會，但事到如今別無選擇，否則等警察來了就麻煩了。他看著我說，衝進去把人分開吧，我二話不說，也沒吭氣就直接衝進打得最激烈那處。「住手住手，這樣胡來會有損學校的顏面，還不住手！」我放聲大喊，試圖衝開敵我雙方的分界線，可惜沒那麼容易。才前進兩、三公尺，就卡在那裡進退不得。眼前有個比較高大的師範生，正和十五、六歲的中學生扭成一團。「叫你們住手還不給我停下！」我說著扳住師範生的肩膀試圖將他們硬生生掰開，沒想到不知是誰從底下絆我的腳。我突遭偷襲不禁鬆開抓他肩膀的手，往旁摔倒。有人趁機將硬梆梆的鞋子踩在我背上。我雙手與膝蓋撐地用力一躍而起，踩在我背上的傢伙順勢滾落右方。等我站起來一看，五公尺外，魁梧的豪豬被學生夾在中間推推擠擠，只顧著大喊：「住手住手，不要打架了，住手。」我試著對他說：「喂，好像沒用啊。」但他或許是聽不見，並未回答我。

這時一顆石頭咻地破風而來，猝然砸中我的顴骨，接著又有人從後面拿棍子打我後背。我聽見有人說：「當老師的還跑來湊熱鬧，揍他揍他！」也有人說：「老師有二個，一高一矮，丟石頭吧。」我大吼一聲「你們這些鄉巴佬，講甚麼囂張的鬼話！」朝著身旁的師範生腦袋就一掌拍下去。石頭再次飛來。這次掠過我的五分頭飛到後方。我看不見豪豬戰況如何。事到如今已身不由己。起初本是為了勸架才衝進來，可是天底下有哪個笨蛋被人毆打、丟石頭還會恭敬退下。也不看看我是誰。雖然我個子矮小，但我可是在打架場子身經百戰的大哥！正當我胡亂甩人巴掌也挨了好幾掌之際，終於響起「警察來了！警察來了！快逃快逃！」的叫聲。之前我彷彿身陷泥沼動彈不得，忽然間鬆快多了，這才發現敵我雙方的人馬全都溜了。這些鄉巴佬倒是跑得很快，比庫羅帕特金[63]還會逃跑。

63 庫羅帕特金（Aleksei Nikolaevich Kuropatkin，一八四八－一九二五），日俄戰爭時，擔任遠東軍總司令的俄國將軍。

再看豪豬那廂，只見他的禮服大褂已經破破爛爛，正在那邊擦鼻子。好像是鼻梁被人打出血了。他的鼻子紅腫慘不忍睹。我穿的是藍底白點的夾衣，所以雖然滿身泥濘，至少不像豪豬的大褂那樣受災慘重。但我的臉頰火辣辣的很痛。豪豬說我臉上流了很多血。

一共來了十五、六個警察，但學生都從反方向溜走了，所以警察只抓到我和豪豬。我們報上姓名，交代事情經過後，警察叫我們先跟他們回警局再說，去了警局，在局長面前報告來龍去脈後才回到住處。

十一

隔天我醒來一看，渾身痛得要命。大概是太久沒打架，才會這麼嚴重吧。我躺在被窩暗忖，這樣好像不能再吹噓自己很會打架了，這時老太太拿來《四國新聞》放到我枕邊。其實我連報紙都沒力氣看，但男子漢大丈夫怎能為了這點小事就投降，於是我勉強趴著，翻開第二版一看，當下大吃一驚。報紙提到了昨天的打架。提到打架這我不驚訝，問題是上面寫著「中學教師堀田某，與最近從東京來此赴任的狂妄青年某某，唆使溫順的學生掀起這場騷動，而且兩人不僅就在現場指揮學生，還胡亂向師範生施暴」。報導還附記了這樣的評論：「本縣中學自古以來就因善良溫順的風氣深受全國羨慕，如今二名輕薄豎子破壞該校校譽，讓全體市民蒙羞，因此吾人必須嚴厲追究他們的責任。吾人深信，在吾人動手之前，有關當局必會給予這二個無賴應有的處分，讓他們從此再無機會涉足教育界。」而且這段話的每個字旁邊都加上黑點強調以示警告，就像針灸的疤痕一樣。我趴在被窩中大罵「去吃屎啦」，同時氣得跳起來。神奇的是，本來全身關節痠痛，可是跳起來的同時已經輕快得讓我忘記痠痛了。

我把報紙揉成一團扔向院子，但這樣還無法發洩怒氣，於是又特地撿起來扔到茅坑。報紙這種玩意鬼話連篇。若說這世上甚麼最會吹牛，報紙絕對是吹牛第一名。本該是我說的話，全都被他們搶先說完了。況且「最近從東京來此赴任的狂妄青年某某」是甚麼意思？天底下有姓某叫某的人嗎？拜託用用腦子好嗎！我好歹有名有姓。如果想看我家的族譜，我可以把多田滿仲以來的祖先一個不落地讓你們看清楚。——洗臉時，臉頰忽然一陣刺痛。我去找老太太借鏡子，她問我看到今早的報紙沒有。我說看完扔進茅坑了，想要的話就自己去撿回來。她聽了嚇得趕緊撤退。我對鏡一看，臉上和昨天一樣傷痕累累。這好歹也是我的重要門面，如今不僅破相，還被稱作狂妄青年某某，真是夠了。

如果被人譏笑我是因為今天的報紙才請假不敢去學校，那會有損我一世英名，因此吃完早餐我立刻去學校。每個進來的傢伙都看著我的臉偷笑。有甚麼好笑的。又不是你們替我打造出來的臉孔。後來馬屁精也來了，或許是為了報復送別會時被我毆打的仇，他嘴賤地嘲笑我說，「哎喲您昨天可出盡風頭了——這是光榮的負傷嗎？」我立刻反嗆：「不用你多嘴，還是滾回去舔你的畫筆吧。」他聽了說，「那可真是不好意思，不過臉上的傷一定很痛吧？」「痛不痛都是我的臉，用不著你操心！」我朝他怒吼後，他才回到對面自己的座位，卻還是盯著我的臉，和他旁邊的歷史老師耳語竊笑。

後來豪豬也來了。他的鼻子已腫脹發紫，如果挖開來八成會流膿。不知是否太高估自己的身手，他臉上的傷勢比我更慘不忍睹。我和豪豬比鄰而坐，本就關係親近，再加上我們的桌子正對著休息室門口，所以很倒楣。二張鼻青臉腫的臉孔湊在一塊。其他人只要無聊了就會看過來。嘴上雖說真是無妄之災，但他們心裡八成在笑我們白痴，否則不可能那樣竊竊私語還吃吃笑。我一去教室，學生就鼓掌歡迎。甚至有兩、三人高呼老師萬歲。不知他們是太活潑還是在耍我。我和豪豬如此這般成為萬眾矚目的焦點之際，只有紅襯衫神色尋常地來到身邊說，真是無妄之災，我非常同情二位，報紙的報導我也和校長商量過，已經要求對方更正錯誤了，所以不用擔心，都是因為舍弟去邀堀田君才會發生這種憾事，所以我非常抱歉，因此這件事我一定會盡力處理，還請不要見怪云云，講了這番半帶道歉的話。校長第三堂課從校長室出來說，報紙寫了傷腦筋的報導呢。但願事態不會變得太複雜就好。看起來似乎有點擔心。我倒是一點也不擔心，如果要開除我，那我只需在被開除之前先遁辭呈就好。但我明明沒錯卻要主動離開等於助長了睜眼說瞎話的報社氣焰，所以我認為一定要逼報社澄清事實，而且自己就算賭上這口氣也得繼續待下去。本想放學時順便去報社談判，但學校既然說已經請報社更正，那就算了。

我和豪豬趁校長和教務主任有空時，還是去說明了一下實情。校長與教務主任斷定：「想也知道，一定是報社對學校有所不滿，才會故意刊出那種報導。」紅襯衫還挨個走到休息室每位老師面前替我倆的行為辯解。尤其把他弟弟邀豪豬去看表演當成自己的過錯般極力解釋。大家也說都是報社的錯，太可惡了，兩位實在是倒楣云云。

臨走時，豪豬特意提醒我紅襯衫的態度可疑，如果不提高警覺，小心被他暗算。我說他本就可疑，又不是今天才開始變得可疑。豪豬點我一句：「你還沒察覺嗎？昨天是他用計特地把我們誘出去捲入打群架風波。」原來如此，不說我都沒發現。豪豬雖然看似粗魯，其實比我有智慧啊。我暗自佩服。

「他先讓我們捲入打架，然後立刻指使報社刊出那樣的報導。真是奸詐小人。」

「連報紙都和紅襯衫有勾結嗎？這倒是意外。不過報社應該沒那麼容易聽紅襯衫指使吧。」

「怎麼會不聽，只要報社有朋友罩，簡單得很。」

「他在報社有朋友？」

「就算沒有也不是難事。他只要捏造事實，說事情是怎樣怎樣，報社立刻就會報導。」

「太過分了。如果這真的是紅襯衫的詭計，那我們說不定會因為這次的事件被炒魷魚。」

「弄得不好，也許真的會讓他得逞。」

「那我明天就遞辭呈回東京去。這種爛地方就算跪下來求我我都不想待。」

「縱使你遞辭呈，紅襯衫也毫無損失。」

「那倒是。該怎樣才能讓他倒大楣？」

「以他那種奸詐小人的作風，肯定事先動了手腳，讓我們找不出任何證據，所以要反駁他很困難。」

「真麻煩。那我們就這樣蒙上不白之冤嗎？沒意思，難怪古人要問天道是耶非耶[64]！」

「總之，我們先觀望兩、三天情況吧。如果事態惡化，只好去溫泉區揪出他的把柄了。」

「打架事件就這麼算了嗎？」

「沒錯。我們現在得全力抓住對方的把柄。」

「也好。反正我不擅擬定策略，那就萬事拜託你了。需要我時赴湯蹈火在所不辭。」

我和豪豬就此分開。紅襯衫如果真如豪豬推測的那樣使詐，那他實在太可怕了。若要比腦子我絕對不是他的對手。看來只能靠武力解決。難怪世界上不斷發生戰爭。即便是個人恩怨，最後也得靠武力。

翌日，我翹首等待報紙送來，翻開一看，不僅沒有更正也沒有撤回報導。我去學校催促狸貓，他卻說明天應該就會有了。隔天報紙以六號鉛字刊出小小的撤回報導啟事。但報社方面當然沒有更正錯誤。我又去找校長談判，他說已經沒辦法再辦理申訴了。校長端著狸貓精的嘴臉，看起來衣著光鮮威風八面的沒想到竟然這麼沒勢力。就連讓刊登假新聞的鄉下報社道個歉都做不到。我氣炸了，於是揚言要自己去找報社主筆談判。校長說不行，如果我自己去談判只會讓人家繼續寫我的壞話。換言之，只要扯上報社，不管是真是假，到頭來都拿他們沒辦法。除了認命別無選擇。他像和尚念經似地嘮嘮叨叨這麼勸我。報社既然這麼蠻橫，那還是趁早把它搞垮才是造福大眾吧。今天聽了狸貓這番解釋我才知道，原來扯上報社，就像被鱉死咬住不放。

之後過了三天，某天下午豪豬憤然來找我說，時機終於到了，他打算實行那個

64 出自《史記》。質疑天道究竟是否幫助好人，用於感嘆自己時運不濟。

計畫。我說「是嗎，那算我一份」，當下與他結盟。不料豪豬為難地歪著頭叫我還是別參加的好。我問他為什麼，他反倒問我是否被校長叫去逼著遞辭呈。我說沒有這回事，你呢？他說今天在校長室，校長說，「非常遺憾，但迫不得已，你自己做個了斷吧。」

「哪有這樣裁決的道理。狸貓八成是成天拍肚子打鼓[65]，把胃都拍顛倒發神經了。我倆不是一起去參觀慶祝勝利大會，一起看高知的長刀舞，一起衝進混亂中阻止學生打架嗎？如果真要辭職，也該公平地叫我倆一起辭職。鄉下學校怎麼這麼不講理啊。真讓人抓狂。」

「那是紅襯衫在幕後操縱啦。我和紅襯衫過去種種恩怨已是勢不兩立，至於你，他認為就算把你留下也不會威脅到他。」

「那我難道就能和他和平相處嗎？他以為我就不能威脅到他，未免太囂張了。」

「你太過單純，所以就算把你留下，他覺得反正也有辦法唬弄你。」

「那就更可惡了。誰要跟他和平相處！」

「況且之前古賀調走後，接替的人因為某些意外不是還沒來嗎？如果現在又把你我同時趕走了，上課時間就會人手不足開天窗，影響到學生的課業。」

「那他是打算拿我墊檔囉。可惡，鬼才會上他的當！」

翌日我到了學校就去校長室開始談判。

「為什麼沒叫我遞辭呈？」

「啥？」狸貓愣住了。

「哪有叫堀田辭職，我卻不用辭職的道理？」

「這是基於校方的考量……」

「那種考量是錯的。如果我可以不用走，那堀田應該也沒必要走吧？」

「這方面我不便解釋——堀田君去職是情非得已，但我看不出你有甚麼必要遞辭呈。」

果然是狡獪的狸貓，始終含糊其辭打太極，而且態度從容不迫。我無奈之下只好說：

「那我也遞辭呈吧。校長讓堀田君一個人辭職，或許以為我可以安心留下來，但我可做不出那麼無情的行為。」

「那怎麼行。如果堀田走了，你也走了，學校的數學課就完全沒法上了……」

「就算沒法子上課也不關我的事。」

「你不要這麼任性，好歹也要體諒一下學校的立場。況且，你才來不到一個月就辭職的話，對你將來的履歷也會有不良影響，所以你還是再考慮一下比較好吧。」

「誰還管甚麼履歷啊，道義比履歷更重要。」

「那是當然——你說的自然有你的道理，但也請你體諒一下我說的。如果你堅持非要辭職的話當然辭職也行，但至少請你待到接替者來了再走。總之，你先回家再重新考慮一下再說。」

重新考慮？理由已經明明白白還有甚麼好重新考慮，可是狸貓臉色一陣青一陣紅，看起來怪可憐的，所以我只好答應他重新考慮暫且先離開。我也沒跟紅襯衫廢話。反正遲早都要找他算帳，那就到時候再一起算總帳。

我把我和狸貓談判的經過告訴豪豬，他說早就料到會是如此，至於辭呈的事，他勸我不到緊要關頭不如暫且擱置也無妨，於是我決定聽他的。豪豬好像就是比我聰明機伶，所以我決定一切聽從豪豬的忠告。

豪豬遞出辭呈，和全體教職員道別後來到海邊的港屋，卻背著人偷偷又溜回來，躲在溫泉區的枡屋旅館靠馬路的二樓房間，在紙窗上戳洞監視對面。知道這件事的大概只有我。紅襯衫就算來幽會八成也是選晚上。而且剛入夜時還會被學生及其他人撞見，所以至少也要九點以後才會來。起初那二晚我也守到十一點左右，卻連紅襯衫的影子都沒看見。第三天我從九點守到十點半還是毫無斬獲。這樣在深夜無功而返實在蠢透了。過了四、五天，房東老太太開始有點擔心，特地勸我說已經有妻子了，晚上還是別在外面遊蕩才好。我這種夜遊可不是去花天酒地的夜遊。我這是替天行道懲罰惡人的夜遊。雖說如此，持續一個星期始終不見成果後，我也開始厭煩了。我生性急躁，熱中的時候熬通宵也沒問題，可是相對的，甚麼都是三分鐘熱度。就算這次是替天行道的天誅黨[66]，還是一樣會膩。第六天我有點煩了，到了第七天更是開始考慮放棄。相較之下豪豬很頑固。從傍晚守到十二點多一直把眼睛貼在紙窗上，瞪著角屋旅館的圓形瓦斯燈下方。我一去他就會告訴我今天來了幾個客人，有幾人住宿，幾個女人等等統計數字，讓我驚嘆不已。我說看樣子他好像不會來，豪豬也不時抱著雙臂唉聲嘆氣說，「嗯，照理說應該會來才對啊。」真可憐，如果紅襯衫一次也不來，豪豬一輩子都無法替天行道了。

第八天，我在七點左右離開住處，先悠哉泡個溫泉，然後去街上買了八顆雞蛋。這是為了應付房東老太太的地瓜攻勢。我在左右衣袖各塞四顆蛋，把那條紅毛巾搭在肩上，袖著手走上枡屋旅館的樓梯，一拉開豪豬房間的紙門，他就嚷著

「喂，有希望，有希望！」韋馱天似的臉孔忽然充滿活力。昨晚他還有點悶悶不樂，連旁觀的我都覺得很陰沉，現在看到他這種神色，我也跟著開心起來，還沒問明原因就先說太好了太好了。

「今晚七點半左右，那個叫做小鈴的藝妓進角屋了。」

「和紅襯衫一起嗎？」

「不是。」

「那不就沒戲唱了。」

「藝妓都是二人同行——我覺得有希望。」

「怎麼說？」

「這還用說，那傢伙那麼狡猾，搞不好是讓藝妓先進去，自己之後再偷偷前來會合。」

66 文久三年（一八六三），吉村寅太郎等人襲擊大和五條的幕府代官所，號稱「天誅組」，漱石可能是因此得來的靈感。

「或許吧。已經九點了吧。」

「現在九點十二分。」他從腰帶取出鍍鎳懷錶看著說，「喂，把燈熄掉，否則紙窗上映出二個光頭太奇怪了。那個奸詐小人肯定會立刻起疑。」

我把漆桌上的油燈一口氣吹熄。星光下只有紙窗微亮。月亮尚未出來。我和豪豬拼命把臉貼在紙窗上，屏氣凝神。這時柱鐘噹的一聲，宣告時間已是九點半。

「喂，他會來吧？如果今晚再不來我就要放棄了。」

「我要堅持到用盡最後一毛錢。」

「你還有多少錢？」

「到今天為止已經付了八天的房錢五圓六十錢。我是每晚結帳，以便隨時可以離開。」

「你準備得可真周全。旅館的人肯定很驚訝吧？」

「旅館還好，倒是整晚都不敢放鬆精神怪累人的。」

「但你白天不是可以睡覺嗎？」

「白天是可以睡覺，但是不能外出悶在房裡快憋死了。」

「看來要替天行道也不容易哪。這樣如果還天網恢恢疏而有漏，那就太沒意思了。」

「放心，今晚他一定會來——喂，你看你看！」豪豬忽然壓低音量，我不由心頭一跳。只見戴黑帽的男人行經，仰頭望著角屋的瓦斯燈就這麼走向暗處。不是他。我暗自失望。後來旅館櫃臺的鐘毫不留情地宣告十點的來臨。看來今晚又是白忙一場。

外面已是夜深人靜。花柳街的鼓聲清晰可聞。月亮自溫泉區的山後乍現。路上很明亮。這時，下方忽然傳來人聲。我們不能從窗口探頭，所以無法看清是誰，但來人顯然正漸漸接近。只聽見木屐喀啷喀啷擦過地面。已經近得斜眼望去時勉強可見二個影子的地步。

「已經沒問題了啦。礙事的傢伙都趕走了。」這分明是馬屁精的聲音。「誰教他自己有勇無謀，怪不得旁人。」這次是紅襯衫的聲音。「那小子和江戶佬挺像的。說到那個江戶佬，倒是個不知天高地厚的莽撞小少爺，所以怪可愛的。」「瞧他又是拒絕加薪又是鬧著遞辭呈，八成神經有毛病。」我恨不得立刻推窗從二樓跳下去狠狠揍他們一頓，好不容易才忍住。二人哈哈笑著鑽過瓦斯燈下，就此走進角屋。

「喂。」

「喂。」

「人來了。」

「終於來了。」

「這下子總算安心了。」

「馬屁精那個畜生，居然譏笑我是不知天高地厚的莽撞小少爺。」

「他們說的礙事傢伙就是我吧。真沒禮貌。」

我和豪豬只能守在二人回家的路上伏擊。問題是不知他倆甚麼時候出來。豪豬下樓交代旅館的人，今晚說不定半夜有事必須離開，所以請不要鎖門以便出入。現在想想，真虧旅館的人會答應。通常這種情形都會被懷疑是小偷。

枯候紅襯衫前來很難受，但是全神貫注等待他出來更痛苦。又不能睡覺，必須一直從紙窗的破洞盯著也很痛苦，好像怎樣都不自在，我從未感到這麼煎熬過。於是我提議索性直接衝進角屋當場逮人，但豪豬只用一句話就駁回我的提議。他說我們這時候就算衝進去也只會被當成鬧事者半路攔下。如果我們說明原委要求會面，對方也會謊稱人不在這裡或是帶我們去別的房間。就算我們攻其不備成功闖進去了，也不知道人到底在幾十個房間中的哪一個。所以儘管等得很無聊也只能靜待他們出來，別無他法。於是只好耐著性子一直等到清晨五點。

一看到二人從角屋走出來的身影，我和豪豬立刻尾隨。第一班火車尚未發車，所以他們二人必須步行至城下町。出了溫泉街後約有一百公尺路旁種滿杉樹，左右皆是田地。過了那段路後到處是稻草屋頂的房子，來到筆直穿過田地通往城下的河堤。只要離了鬧區，在哪追上他們都行，不過最好還是選在沒有住家的杉樹林逮人。於是我們一路躲躲藏藏跟蹤，出了鬧區立刻加快腳步一陣風似地從後方追上。

二人轉身吃驚地以為發生了甚麼事，被我大喊一聲「站住」抓住肩膀。馬屁精一臉驚慌似乎想逃走，我連忙繞到前方擋住去路。

「身為教務主任的人為何去角屋過夜？」豪豬立刻質問他。

「請問有人規定教務主任不能去角屋過夜嗎？」紅襯衫依然說話彬彬有禮。只是臉色略顯蒼白。

「某人以有礙校園風紀為由，連蕎麥麵店和糯米糰子店都不准別人去，這麼嚴謹的人為何會和藝妓一起去旅館開房間？」見馬屁精想趁隙逃走，我立刻擋在他面前，朝他怒吼：「你說誰是江戶佬小少爺！」「沒有，我不是說你，絕對不是。」他居然還厚著臉皮狡辯。這時我才忽然發現，雙手握著自己的衣袖。原來我怕追逐時雞蛋在衣袖中晃來晃去，所以一直雙手緊握著。我頓時把手伸進袖中取出二顆蛋，大喝一聲便朝馬屁精臉上丟去。雞蛋啪擦破碎，蛋黃從他鼻頭滴滴答答流下。馬屁精似乎嚇壞了，哇哇大叫跌坐在地，還拼命喊救命。雞蛋本來是要買來吃的，並非藏在袖中帶來砸人，只是一時氣昏頭，才忍不住順手砸過去。但是看到馬屁精嚇得跌坐在地，我這才醒悟此舉倒是誤打誤撞，於是我邊罵「畜生！混蛋！」邊把剩下六顆蛋也沒頭沒腦砸過去，馬屁精整張臉都變黃了。

我忙著丟雞蛋之際，豪豬與紅襯衫還在談判。

「你有甚麼證據指控我帶藝妓去旅館開房間？」

「我親眼看見你相好的藝妓傍晚走進角屋。你還想抵賴嗎？」

「我沒必要抵賴。昨晚我是和吉川君一起過夜。藝妓有沒有在傍晚進旅館都與我無關。」

「住口！」豪豬一拳揮過去。紅襯衫腳步踉蹌，「你這簡直是粗魯、胡鬧。不講道理就動粗太無法無天了。」

「無法無天就對了！」豪豬說著又是一拳。「你這種奸詐小人不挨揍，不會老實回答。」然後又是一陣亂拳。同一時間我也對馬屁精拳打腳踢。最後二人都蹲在杉樹底下不知是動彈不得還是眼冒金星，毫無逃走之意。

「夠了嗎？如果不夠就繼續打。」我們說著又是一頓亂拳，紅襯衫這才求饒：

「已經夠了。」再問馬屁精：「你也夠了嗎？」他連忙回答：「當然夠了。」

「你們都是卑鄙小人，所以我們才這樣替天行道。你們最好記取教訓從此安分點。就算你們再怎麼花言巧語地狡辯，正義都不會饒過你們。」豪豬說。二人都不吭聲。說不定只是無力開口。

豪豬又說：「我不會逃也不會躲避。我會在海邊的港屋待到今晚五點。有種就去找警察甚麼的來抓我。」於是我也說：「我也不會逃不會躲，就和堀田待在同一個地方，你們想報警的話儘管去。」然後我倆就大步離開了。

我回到住處已經快早上七點了。一進房間我就立刻打包行李。老太太大驚失色，問我這是幹什麼。我對老太太說我要去東京帶我太太過來，結清房租後立刻搭火車去海邊。抵達港屋一看，豪豬正在二樓睡覺。我想立刻寫辭呈，卻不知該寫甚麼才好，最後草草寫下「因個人因素決定辭職返回東京，特此通知」就寄出給校長。

汽船預定於晚間六點出航。豪豬和我都累了，倒頭呼呼大睡，醒來已是下午二點。我問女服務生有沒有警察來，她說沒有。「紅襯衫和馬屁精都沒有報警呢。」我倆說著放聲大笑。

那天晚上我和豪豬就離開了這個是非之地。船離岸越遠，心情就越暢快。上岸後從神戶搭乘開往東京的直達車抵達新橋時，我感覺自己終於重回自由世界。我和豪豬立刻分道揚鑣直到今天都沒機會重逢。

差點忘記提阿清了——我抵達東京後也沒去找落腳的地方，拎著行李就直奔阿清那裡告訴她我回來了。「哎呀少爺！您這麼快就回來了。」她說著淚如雨下。我也很高興，當下宣布今後再也不去鄉下，要和阿清在東京同住。

後來我透過某人的介紹成為東京街道鐵路公司的技工。月薪二十五圓，房租六圓。即便住的不是有氣派玄關的大房子，阿清似乎也很滿足，可惜今年二月她罹患肺炎過世了。臨死的前一天她把我叫去說，少爺，算我求您，等我死後，請把我埋進少爺家的寺院。我會在地下期待少爺來相會的那天。因此阿清就葬在小日向的養源寺。

輯二

心之王者

世上唯有真誠
最能讓自己有自信。

越真誠越能活得心安理得。
越真誠越能自覺精神的存在。

唯有變得真誠，
才能自覺自己
儼然存於天地之間。

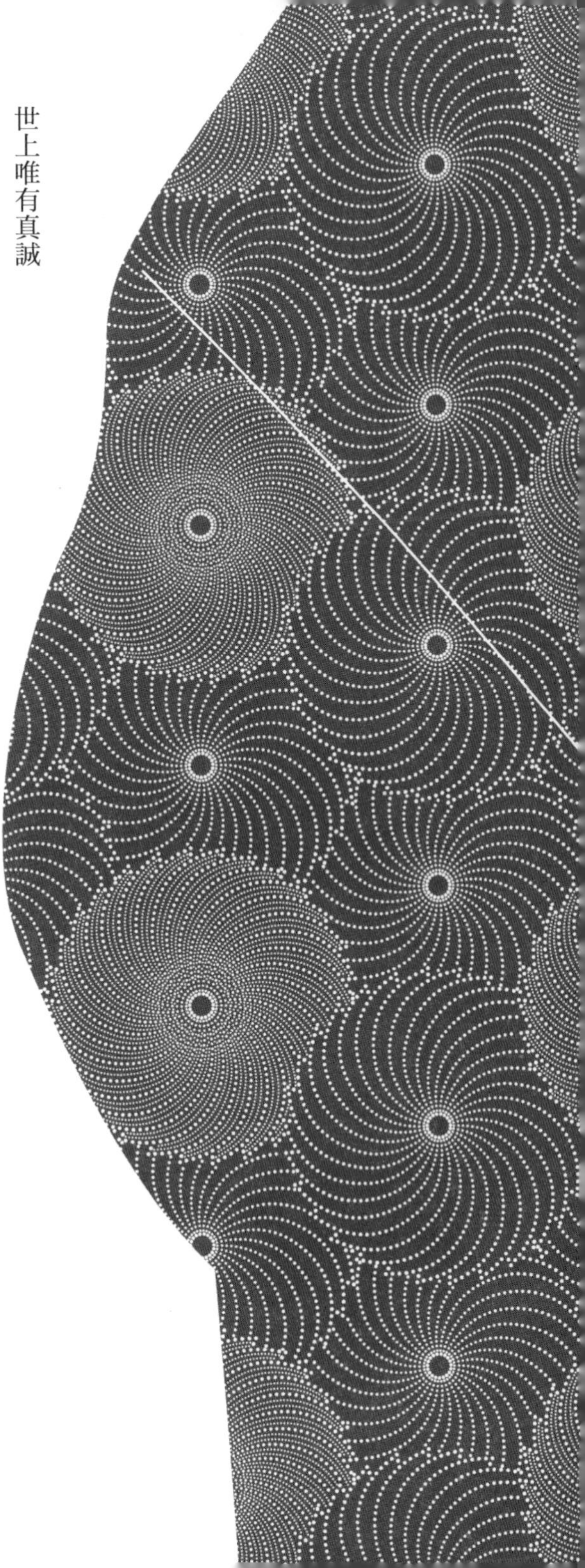

關於愛戀

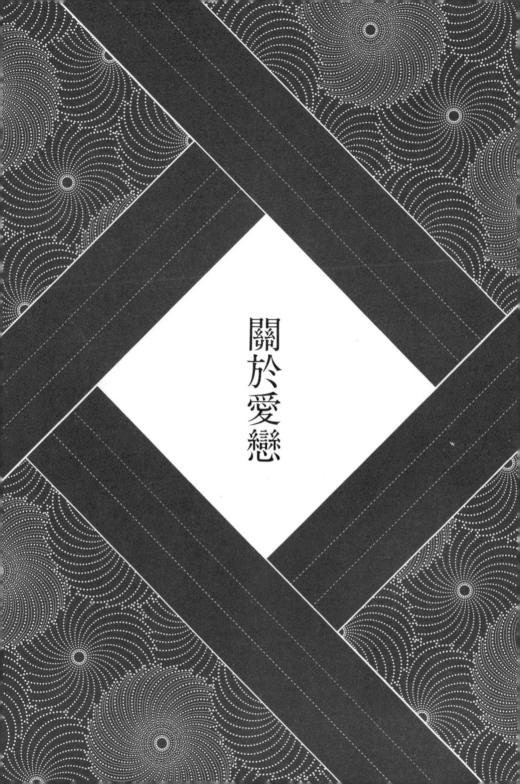

一 可愛無敵

說到可愛啊——那是一種足以擊斃比自己更強大事物的軟性武器喔。

——〈虞美人草〉

二

勝利者

女人很懂得專心對付一個人。一對一單挑時，勝利者必然是女人。

——〈虞美人草〉

三

愛的本相

每個世界各以因果交叉點為中心，向左右畫出相應的圓。以憤怒為中心畫出的圓擴散迅捷如飛，以愛情為中心畫出的圓烙印空虛痕跡。

——〈虞美人草〉

四

愛的資格

愛根基於自己有資格被愛的自信。卻也有人自信有資格被愛，卻未發現自己沒有愛人的資格。這二種資格多半成反比。肆無忌憚地標榜有資格被愛的人，往往逼迫對方做出各種犧牲。

——〈虞美人草〉

五 心魔

射箭不中是自己本領不夠。射中了卻得不到反應是美貌不夠。比起本領不夠，女人更恨美貌不夠。

——〈虞美人草〉

六

彈性

脆弱之中堅持自我的激昂愛情，就像剛煮好的柔軟白飯摻了沙子，一不留神就喀嗤喀嗤咬得臼齒發冷。想咀嚼個中滋味者若無橡皮的彈性不可能安然無事。

——〈虞美人草〉

七

愛的心願

祭拜的神與人雖有不同，但在祈禱者心中，神與人都只不過是心願的剪影。祭拜聖母是為了愛人，愛戀他人是為了跪拜聖母。

——〈幻影之盾〉

八

不可承受之輕

愛是真誠的。因為真誠所以深沉。同時愛也是遊戲。因為是遊戲所以輕浮。既深沉又輕浮的就是水底的藻類與青年的愛情。

——〈野分〉

九
讀心

面面相覷的他們，根據對方的面相判斷自己的命運。

——〈道草〉

十一・最任性之物

成功的愛情是載著同情奔馳的拉車馬。失敗的愛情是載著怨恨奔馳的拉車馬。愛情是世間最任性之物。

——〈野分〉

十二 公主病

比起出於偉大的人道立場而來的關愛，女人更喜歡的是哪怕稍微不合人情義理，至少只專注在自己身上的好意。這種天性似乎比男人強。

——〈心〉

十二

愛情保鮮期

男女之間如果終日耳鬢廝磨，似乎就會失去引發戀愛必要刺激的新鮮感。一如唯有點火焚香的瞬間方可嗅得香氣；唯有開始喝酒的剎那方可嘗得酒味。愛情的衝動似乎也只存於這怦然心動的瞬間。

——〈心〉

十三 男女大不同

男人為滿足情慾，願意付出比女人更熱烈的愛，一旦成事，他的愛便逐漸冷卻。反之女人一旦發生關係後會更加愛慕男方。這點無論就進化論或社會事實看來，想必都很實際。

——〈行人〉

十四

傷腦筋

戀愛令人喜悅，然喜悅的戀愛經驗太多，或許反而會懷念沒談過戀愛的往昔。

——〈草枕〉

十五

視角

我們對於一個男人，一個女人，也會隨著看待的角度不同而有不同判斷。

——〈草枕〉

十六

神祕

女人本來就走在白晝與黑夜的界線。

——〈草枕〉

十七 忐忑

睡時也想著自己，醒時也想著自己，「自己」到處跟著不放，所以人類的言行舉止只會人工化地變得緊張侷促，只會讓自己越來越憋屈，世間只會越來越舉步維艱，不得不從早到晚懷著相親的年輕男女那種心情。

——〈我是貓〉

十八 難纏生物

女人本來就是很難纏的生物了。

——〈我是貓〉

十九 致命的吸引力

本來愛情就是宇宙性的活力。上至天神邱比特下至土中鳴叫的蚯蚓、螻蛄，碰上此道皆會為之傷神憔悴乃是萬物之常，所以我等貓族會有懵懂的風流之氣亦是在所難免。

——〈我是貓〉

二十 真諦

說到世間何者為貴，沒有比愛與美更可貴的東西。慰藉我們，讓我們完全，使我們幸福，都是拜這二者所賜。

——〈我是貓〉

關於孤寂

二十二　自由的代價

我們生於自由獨立自我的現代，付出的代價或許就是人人皆得品嘗這種寂寞滋味吧。

——〈心〉

二十二 人性

世上怎麼可能會有那種模子刻出來似的標準壞人。平時大家都是好人。至少大家都是普通人。到了緊要關頭卻突然翻臉變成壞人，所以才可怕。所以才不能掉以輕心。

——〈心〉

二十二 虛無

我觀世人多虛無。人與生俱來便無藥可救地輕薄虛無。

——〈心〉

二十四 謊言

謊言就像河豚湯。當場若平安無事，自是天下最美味。然，一旦中毒，最後必然痛苦吐血。

——〈虞美人草〉

二十五 弔詭的同情

憐惜與輕視在某些場合是一樣的。

——〈虞美人草〉

二十六

真正的痛苦

無話可替自己辯解。所以才有無法忍受的痛苦。

——〈門〉

二十七 未來

未來就像捲起的花苞，尚未綻放之前不僅他人不知道，自己也無法確定。

——〈門〉

二十八

萬物之靈

說到人類的定義很簡單。只要說他們是一種喜歡無事生非自找苦吃的生物就足夠了。

——〈我是貓〉

二十九

致命弱點

人類看似聰明，卻有被習慣迷惑、忘記根本的大弱點。

——〈我是貓〉

三十 真相

人類如果沒有徹頭徹尾地感受到自己是可怕的惡棍這個事實，就算不上是吃過苦的人。

——〈我是貓〉

三十一 欲望

大家都想要錢。而且除了錢別無所求。

——〈道草〉

三十二　看清

如今我認為，與其可悲地動手腳企圖用鍍金混充真金，不如讓黃銅就是黃銅，忍受黃銅應有的侮蔑更輕鬆。

——〈從此以後〉

三十三 殊途同歸

人的個性時刻在改變。會變是理所當然，改變的過程中必然出現矛盾，因此也意味著人的性格充滿矛盾。充滿矛盾的結果，就是不管有無個性最後都一樣。

——〈礦工〉

三十四 高尚的品格

憐憫是神不懂的情緒，而且是最接近神的凡人之情。

——〈草枕〉

三十五

六根不淨

閒話家常深入到一定的程度後，俗世的臭味就會滲入毛細孔，沾染汙垢的身體變得笨重。

——〈草枕〉

三十六　無可奈何

痛苦、氣憤、吵鬧、哭泣是人生在世必然伴隨的產物。

——〈草枕〉

三十七 盲點

某人曾告訴我，「他人的死看似理所當然，唯獨自己的死怎麼都無法想像。」我問經歷過戰爭的男人：「看著同袍逐一死去，還能認為唯有自己不會死嗎？」那人回答：「當然可以。大部分的人想必至死都以為自己不會死吧。」

——〈玻璃門內〉

三十八

身不由己

身在人世，我不可能完全孤立生存。自然會有與他人打交道的必要。即便是過著寡淡生活的我，也很難擺脫那些時令冷暖的寒暄、商談，乃至更複雜的交涉。

——〈玻璃門內〉

三十九

疑問

我不想相信壞人。也絲毫不想傷害好人。出現在我面前的人，既非各個都是壞人，也不可能都是好人。因此我的態度也必須根據對象做出種種變化。這種變化對任何人都是必要的，想必人人也都這麼做，但那是否真的恰好契合對方，穩健地走在那條分毫不差的特殊線上呢？在我心中始終存有巨大疑問。

——〈玻璃門內〉

四十 苦惱

現在的我好像不是太愚蠢以致受人矇騙，就是疑心病太重無法容人。充滿不安、不明、不快。如果要這樣終此一生，那麼人生何其不幸啊。

——〈玻璃門內〉

關於處世

四十一

人生很難

過於理智會與人起衝突。感情用事則無法控制自我。堅持己見易鑽牛角尖。總之人世難以安居。

——〈草枕〉

四十二
一體兩面

生活二十五年後，才醒悟明暗一如表裡，有光之處必有影。

——〈草枕〉

四十三 禍福相倚

喜悅深時愁亦深，歡樂多則苦亦多。如果斷然割捨則個體無法生存。若要徹底劃清界線則世界無法成立。

——〈草枕〉

四十四 聖潔之心

行善難，施德亦難，守節操不易，為公義犧牲性命更不捨。明知如此仍刻意為之，對任何人都會很痛苦。要讓人甘願冒著那種痛苦，就必須在某處潛藏足以戰勝痛苦的快樂。

——〈草枕〉

四十五 第一法則

人類世界通行的愛的法則，第一條據說是這樣的——對自己有利時，才需要去愛人。

——〈我是貓〉

四十六

變通

世人的評價因時因地如同我們貓族的眼珠一樣變化。我的眼珠不過忽大忽小，而人類的評說卻會在瞬間顛倒黑白。顛倒也無妨。事物皆有兩面，有兩端。敲打兩端讓同一事物身上發生黑白顛倒的變化，正是人類懂得變通的地方。

——〈我是貓〉

四十七　賭徒性格

千載難逢的機會會讓一切動物都敢鋌而走險。

——〈我是貓〉

四十八 勝負心

無論是拿破崙或亞歷山大，沒有一個人是贏了就能滿足的。

——〈我是貓〉

四十九

鏡子

鏡子是自戀的釀造器，同時也是自大的消毒器。如果抱著浮華虛榮的念頭照鏡子時，它將是最能夠煽動愚者的工具。

——〈我是貓〉

五十 表象

辯才無礙的人不見得是善人。被教訓得啞口無言的人也不見得是壞人。

——〈少爺〉

五十一　分寸

開玩笑一旦過火就成了惡作劇。就像烤年糕一旦烤到焦黑便無人欣賞。

——〈少爺〉

五十二 知恥近乎勇

沒有為自己做的壞事道歉之前，罪孽不會消弭。

——〈少爺〉

五十三 惡的出世學

世間大多數人好像都在獎勵人家變壞。他們似乎深信如果不變壞就無法在社會出人頭地。偶爾看到誠實純真的人，就輕蔑地說人家是不解世事的少爺或毛頭小子。

——〈少爺〉

五十四 擇善固執

縱使只有一、兩個人抱怨，只要是對的就該堅持到底。

——〈少爺〉

五十五

正直才是王道

人如果不像竹子那樣耿直就不可靠。耿直的人就算吵架，心地也是好的。

——〈少爺〉

五十六 世故

不做壞事當然好，但有時就算自己不做壞事，如果不了解別人的壞，還是會下場悽慘。

——〈少爺〉

五十七　萬人迷

只要不擺出苦瓜臉，無論去哪都會受到歡迎。

——〈門〉

五十八
基礎

只受過社會教育卻欠缺學校教育的人，雖然會發揮非常複雜的性情，頭腦卻永遠是小孩子。那樣或許反而更難纏。

——〈門〉

五十九 牢騷vs行動

敲門也沒用。有本事就自己開門進來。

——〈門〉

六十 不要同情自己

可憐一詞只能用在別人身上。心虛則用於自己做了對不起可憐人的事時。至於為難，是乾脆擺出高姿態，利害直接反彈於己身時所用。

——〈虞美人草〉

六十一 如煙

人的過去唯有模糊得已無法判別人狗草木之分時，方成為真正的過去。

——〈虞美人草〉

六十二

心靈的鎧甲

世上唯有真誠最能讓自己有自信。越真誠越能活得心安理得。越真誠越能自覺精神的存在。唯有變得真誠，才能自覺自己儼然存於天地之間。

——〈虞美人草〉

關於藝術

六十三　人的條件

我們沒有音樂也照樣活著，沒有學問也照樣活著。沒有興趣愛好或許也照樣能活。但是興趣愛好是遍及生活全體的社會根本要素。少了它的生活就像要進入荒野與老虎共存。

——〈野分〉

六十四 勞力VS報酬

金錢是勞力的報酬。是故付出的勞力越多便可拿到越多金錢。到此為止社會是公平的（不，連這個也有不公平。投機客就是不勞而獲）。然則不妨進一步思考。高等勞力是否伴隨高等報酬——諸君意見如何。

——〈野分〉

六十五 不得不

主客本為一。離主則無客，離客則無主。吾人之所以區分主客之別，明確劃分物我兩境，是基於生存所需便宜行事。一如將離形則無色、離色則無形之物強行區別的便宜行事，一如將離發想則無技巧、離技巧則無發想之物暫時視為兩體的便宜行事。

——〈野分〉

六十六

藝術觀

藝術並非出於平等觀。就算是從那裡出發，也是有了差別觀才開始開花結果，所以如果回歸原點，繪畫雕刻文章皆歸於無。

——〈玻璃門內〉

六十七

哲學家

真正的哲學家，就是只剩下腦子，終日只知思考嗎，那簡直像達摩不倒翁。

——〈虞美人草〉

六十八 文明

螞蟻聚集覓甜食，凡人聚集趕新潮。文明人於激烈的生存中怨嘆無聊。忍受張羅三餐的忙碌，憂懼於路上昏睡之病。將生命寄託於恣意縱情，在恣意縱情中貪求死亡，這就是文明人。文明人最以自己的活動自豪，也最為自己的沉滯痛苦。文明用剃刀削去人的神經，用擂棍磨鈍人的精神。對刺激已麻痺卻又渴求刺激的人，盡數聚集於新潮的博覽會。

——〈虞美人草〉

六十九 迷妄

見色者不見形，見形者不見質。

——〈虞美人草〉

七十 意義

與麵包有關的經驗或許更切身，但簡而言之很低級。如果沒有缺麵包缺水的奢侈經驗，就沒有做人的意義。

——〈從此以後〉

七十一 行動的墮落

想走路就走路。走路便是目的。想思考就思考。思考便是目的。抱持其他目的走路與思考，等同步行與思考的墮落。在自己的行動之外另設一種目的行動，是行動的墮落。

——〈從此以後〉

七十二 不可告人

不可告人的盾牌來歷，背後藏著不可告人的愛恨情仇。

——〈幻影之盾〉

七十三 自我主張

現代青年無論是執筆、說話或行動，事事以「自我主張」為根本要義。「自我主張」的背後，也包含恨不得上吊或投水自盡的悲慘苦惱。尼采是軟弱的男人，體弱多病，又是孤獨的書生。於是查拉圖斯特拉才會如此吶喊。

——〈回憶種種〉

七十四 務實派

但我只不過是心情苦悶離家出走而已，對於詩詞美文少有涉獵，因此壓根不會將自己的痛苦遭遇看成一篇小說，從此自己縱情穿梭這小說之中，為之大悲大苦，也不會冷眼旁觀自己的慘狀，還嘖嘖感嘆充滿詩意。

——〈礦工〉

七十五 見證

倫敦塔的歷史就是英國歷史的縮影。

——〈倫敦塔〉

七十六・幻象之樂

自己塑造出不幸的輪廓遨遊其中，和自己描繪子虛烏有的山水為那世外仙境而歡喜，二者在獲得藝術立足點這方面其實是一樣的。

——〈草枕〉

七十七 矛盾

所謂的矛盾，是存在於力度、分量，或是意氣、軀體水火不容，而且程度旗鼓相當的事物或人物之間才能發現的現象。

——〈草枕〉

七十八

任其自然

面對美好的事物，非要處心積慮讓它顯得更美時，美好的事物往往反而會降低它的美感。俗諺有云滿招損謙受益正是這個原因。

——〈草枕〉

七十九 平常心

若將自己的身影當成他人，便可成詩，也可吟詠俳句。

——〈草枕〉

八十 藝術家

若將四角形的世界磨去名為常識的一角，住在三角形中的或可堪稱藝術家。

——〈草枕〉

八十一

重生

如果忘記失戀的痛苦，則它的溫柔，蘊藏的同情，飽含的憂愁，甚至更進一步說來還有洋溢失戀的痛苦本身，都會客觀地浮現眼前，所以才能夠成為文學與美術的題材。

——〈草枕〉

八十二 昇華

人類要進入絕對之域，只有二種途徑，那二種途徑就是藝術與愛情。

——〈我是貓〉

關於自在

八十三

超然

若因賭注而專注在勝負上就不好玩了。把成敗置之度外，以白雲無心冉冉出岫的心情下完一局，才能體會個中滋味。

——〈我是貓〉

八十四 人生良藥

就是因為時時刻刻充滿自我意識，所以時時刻刻不得安寧。永遠處於焦灼地獄。若問天下有何良藥，沒有比忘卻己身更好的良藥。

——〈我是貓〉

八十五 圓滑處世

人如果有稜有角行走世間只會傷筋動骨自找苦吃。圓滑的到處滾動行走自如，有稜有角的滾動起來只會吃虧，每次一滾動撞到角多痛啊。

——〈我是貓〉

八十六

一步一腳印

人生的目的不在於口舌之爭而是實行。只要照自己的計畫步步推進，就能達成人生的目的。不須辛苦與擔憂與爭論，只要事情有進展，人生的目的便可以極樂方式達成。

——〈我是貓〉

八十七 休養生息

休養生息是萬物理當向天要求的權利。

——〈我是貓〉

八十八　生存之道

若要做庸貓，就必須捉老鼠。

——〈我是貓〉

八十九

飲食人生

反正早晚要死，不吃點美味的食物怎麼行！

——〈心〉

九十

自由的可貴

世間最苦的是意識內容毫無變化。最苦的是身體被無形的繩索綑綁動彈不得。活著就要動，活著卻被抑制行動，就等於被剝奪了生命意義，光是自覺這種被剝奪就比死亡更痛苦。

——〈倫敦塔〉

九十一

和諧

善於營造表面者被世人稱為偽善者。是偽善者或甚麼都無所謂，營造表面也是改善內在的一種方法。

——〈文學評論〉

九十二　特效藥

從過去的經驗推知，時間終將治癒一切傷口。

——〈門〉

九十三

最高狀態

踽踽獨行於充滿苦悶的人生，我經常在想自己遲早必須面臨的死亡。而且我堅信死亡絕對比活著輕鬆。有時甚至覺得那是生而為人能夠達到的最高狀態。「死比生更可貴。」這句話近日一直在我心頭盤桓。

——〈玻璃門內〉

九十四 王者

人是憑個人喜惡採取行動。不是憑大道理去行動。

——〈少爺〉

九十五

徹骨的清淨

所謂的歡樂，乃因物質而產生，當然也會蘊含各種苦痛。唯有詩人與畫家，純粹是咀嚼這相對世界的精華，深知徹骨的清淨滋味。

——〈草枕〉

九十六
淡的精采

「淡」只是代表難以捕捉，並不包含過於弱小之虞。

——〈草枕〉

九十七

游刃有餘

安心與天真都是代表游刃有餘。

——〈草枕〉

九十八 一念之間

無所謂輕不輕鬆，人生在世過得好壞全憑自己的一念之間。如果因為討厭跳蚤國就搬去蚊子國，其實毫無助益。

——〈草枕〉

九十九

轉念

有人將十文錢解釋為一圓的十分之一，有人將十文錢解釋為一文錢的十倍。同一個名詞因人而異可高可低。

——〈虞美人草〉

一〇〇 最美的答案

宇宙是個謎。要如何解謎全看個人。自行得到解答，自行釋懷是一種幸福。

——〈虞美人草〉

少爺

作　　者　夏目漱石
譯　　者　劉子倩
主　　編　呂佳昀

總 編 輯　李映慧
執 行 長　陳旭華（steve@bookrep.com.tw）

社　　長　郭重興
發 行 人　曾大福
出　　版　大牌出版／遠足文化事業股份有限公司
發　　行　遠足文化事業股份有限公司
地　　址　23141 新北市新店區民權路 108-2 號 9 樓
電　　話　+886-2-2218-1417
傳　　真　+886-2-8667-1851

封面設計　Bianco Tsai
排　　版　新鑫電腦排版工作室
印　　製　成陽印刷股份有限公司
法律顧問　華洋法律事務所　蘇文生律師

定　　價　350 元
初　　版　2019 年 5 月
二　　版　2023 年 4 月

電子書 E-ISBN
ISBN：9786267305034（EPUB）
ISBN：9786267305027（PDF）

國家圖書館出版品預行編目資料

少爺 / 夏目漱石 著 ; 劉子倩 譯 . -- 二版 . -- 新北市 : 大牌出版 , 遠足文化發行 , 2023.04
296 面 ; 14.8×21 公分
譯自：坊っちゃん
ISBN 978-626-7305-04-1 (平裝)

861.57　　112002446